DIAGRAMMING ENGLISH GR

圖解式 英文
初級文法

看希臘神話，4週文法速成

邱佳翔◎著

攀上文法奧林帕斯山的巔峰！

在希臘神話中遇見文法！

- 神話人物這麼說：透過故事的情境對話加深對文法的印象，牢牢記住語法的重點！
- 圖解文法，一眼就懂：搭配文字解釋與階層圖，用圖像的方式即刻理解文法！
- 文法概念解析：延伸神話人物這麼說，詳細解析文法概念的應用！
- 例句示範，特別提點：每則例句皆標註出運用到的文法，並提點造句時容易陷入的中文思維陷阱，輕鬆寫出漂亮又流暢的英文句！

每週皆附學習進度表，每天按表閱讀，4週成為文法大神！

使用說明

INSTRUCTION

按照每週規劃的課表，
打下紮實的文法概念！

WEEK **I**

搞懂**字詞文法**

MON	TUE	WED	THUR	FRI	SAT	SUN
1 名詞與 代名詞	3 連接詞	5 冠詞 數詞	7 連綴 動詞	10 授予 動詞 11 助動詞	REVIEW	TAKE A BREAK
2 介系詞	4 形容詞 副詞	6 動詞 動名詞 不定詞	8 使役 動詞 9 感官 動詞	12 同位語 13 片語		

按照學習進度表，練等星星數，成為滿分文法大神！

★ **Unit 1-4** 英文入門小新手
★★ **Unit 5-8** 英文基礎小聰明
★★★ **Unit 9-12** 字詞文法小神通

按照進度累積練等星星數，
成為滿分文法大神！

天神與大地之母蓋亞
名詞與代名詞

🏛 **神話人物這麼說**

蓋亞是神話中的大地之神，創造了天地與眾神。

Giga: I create all gods, so they should call me mother.

蓋亞：我創造了眾神，所以他們應該以母親稱呼我。

🎼 **圖解文法，一眼就懂**

名詞的作用在於指稱人地事物，而代名詞，顧名思義可以代替已經出現過的名詞，使語句簡潔。如同上句 I create all gods的god，即可用they來代替。

12

藉由希臘神話人物的故事，
搭配圖文解說，
馬上搞懂英文文法！

釐清文法觀念後，
再看應用例句和謬誤辨析，
輕鬆活用！

🎵 **例句示範**

熟悉名詞和代名詞的概念後，接下來就看看例句示範，知道要怎麼應用唷！

1 Mark misses the bus, so he arrives his company at ten.

馬克沒搭到公車，所以十點才到公司。

2 All classrooms have at least one computer.

所有教室至少都有一台電腦。

3 Jason looks at himself in the mirror.

傑森看著鏡中的自己。

4 This is my classmate, Danny.

這是我的同學丹尼。

5 Which types do you like the most?

哪一款式你最喜歡？

6 I meet the designer who wins the first prize.

我遇到那位贏得首獎的設計師。

16

✍ **特別提點**

知道怎麼應用名詞與代名詞後，以下特別列舉3個會被我們誤用的句子，要小心避開這些文法錯誤唷！

• Physics are tough.（物理好難。）

👉 physics字尾雖然有s，但語意上是單數，所以搭配的be動詞是 is。

• Your car is bigger than my.（你的車比我的大。）

👉 要兩相比較的車，所以應把my改為mine，以表示my car。

• I meet the sales who her client sued.（我遇到她客戶控告的那個業務。）

👉 客戶是被控告的一方，所以關代應使用whom。

I 搞懂字詞文法

II 建立時態觀念

III 學會基本句

CONTENTS 目次

WEEK I 搞懂**字詞**文法

WEEK II　建立**時態觀念**

WEEK III　學會基本句型

WEEK IV 躲開文法圈套

WEEK **I**

搞懂**字詞文法**

MON	TUE	WED	THUR	FRI	SAT	SUN
1 名詞與 代名詞	3 連接詞	5 冠詞 數詞	7 連綴 動詞	10 授予 動詞 11 助動詞	REVIEW	TAKE A BREAK
2 介系詞	4 形容詞 副詞	6 動詞 動名詞 不定詞	8 使役 動詞 9 感官 動詞	12 同位語 13 片語		

按照學習進度表，練等星星數，成為滿分文法大神！

★ **Unit 1-4** 英文入門小新手

★★ **Unit 5-9** 英文基礎小聰明

★★★ **Unit 10-13** 字詞文法小神通

01 Unit

天神與大地之母蓋亞
名詞與代名詞

神話人物這麼說

蓋亞是神話中的大地之神，創造了天地與眾神。

Giga: I create all <u>gods</u>, so <u>they</u> should call me <u>mother</u>.

蓋亞：我創造了眾神，所以他們應該以母親稱呼我。

圖解文法，一眼就懂

名詞的作用在於指稱人地事物，而代名詞，顧名思義可以代替已經出現過的名詞，使語句簡潔。如同上句I create all gods的god，即可用they來代替。

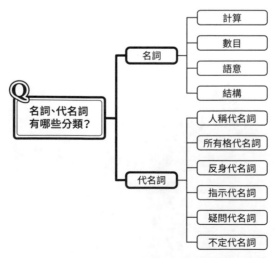

文法概念解析

名詞

　　名詞可用於指稱各類的人事地物，大致可以用計數、數目、語意、結構這四個面向加以分類。

❶ 計算｜能夠計算數量，稱為可數名詞，如chair。不能算數量，則為不可數名詞，如money。

❷ 數目｜人或物有2個以上時，就是複數，像是例句中的眾神，神god。

❸ 語意｜概念具體的稱為具體名詞。具體名詞根據其特性，又可以再細分以下四類：

　❶ 普通名詞：一般性的名詞，如bus。

　❷ 專有名詞：特定的名詞，通常字首要大寫，像是god的G若是大寫，就是專指上帝。

　❸ 集合名詞：由一個群體所組成的名詞，如committee。

　❹ 物質名詞：無法再細分物質的名詞，如water。

❹ 結構｜一個單字可以是一個名詞，稱為單詞名詞，如watch。兩個或兩個以上的單字也可以是一個名詞，稱為複合名詞，如credit card。

　　上述名詞其實每種特性彼此都密不可分喔！舉例來說，單字god一共表現可數、單數、專有與單詞這四種特性。

代名詞

　　當能掌握名詞的特性，在搭配其他字詞使用時，就不容易出錯，但由於相同的名詞如果在句子中重複出現太多次，會感覺落落長，因此多會使用代名詞來精簡。如蓋亞神說：I create all gods, so they...，這裡的**they**即是用來代替**gods**。代名詞類別如下：

❶ 人稱代名詞｜只要代替的名詞與人有關，就屬於此分類。

	主格	所有格	受格	所有代名詞	反身代名詞
第一人稱（單）	I	my	me	mine	myself
第一人稱（複）	we	our	us	our	ourselves
第二人稱	you	your	you	yours	yourself
第二人稱	you	your	you	yours	yourselves
第三人稱（男）	he	his	him	his	himself
第三人稱（女）	she	her	her	her	herself
第三人稱（中）	it	its	it	its	itself
第三人稱（複）	they	their	them	theirs	themselves

❷ 所有代名詞｜代替某人所擁有的某物，語意上等於所有格+名詞。

例 Your book is thinker than mine.

☞ 句中的mine=my book。

❸ 反身代名詞｜強調主事與受事的是同一個人的代名詞。

例 I look at myself in the mirror.

☞ 說話者看到的鏡象就是自己，所以使用**myself**加以表示。

❹ 指示代名詞｜用來代指特定的人事物，其分類如下表所示：

	近	遠
單數	this	that
複數	these	those

❺ 疑問代名詞｜用來形成問句的代名詞。其類別如下：

	主格	所有格	受格
人稱（人）	who	whose	whom
人稱（哪一位）	which		which
非人稱（何事／何物）	what		what
非人稱（哪一個）	which		which

❻ 不定代名詞｜泛指不特定的人事物，常用的有all、any、each、much、one、others、some、the others。

❼ 關係代名詞｜代替先行詞的代名詞，其分類如下：

	主格	受格	所有格
人稱	who	whom	whose
非人稱	which	which	whose

❽ 相互代名詞｜指稱兩個或是以上人物的相互關係，有each other、one anther兩種。其所有格為each other's與one another's。

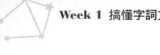

例句示範

熟悉名詞和代名詞的概念後，接下來就看看例句示範，知道要怎麼應用喲！

1 <u>Mark</u> misses the bus, so <u>he</u> arrives his company at ten.

馬克沒搭到公車，所以十點才到公司。

2 All classrooms have <u>at least</u> one computer.

所有教室至少都有一台電腦。

3 <u>Jason</u> looks at <u>himself</u> in the mirror.

傑森看著鏡中的自己。

4 This is <u>my classmate</u>, <u>Danny</u>.

這是我的同學丹尼。

5 <u>Which</u> types do you like the most?

哪一款式你最喜歡？

6 I meet <u>the designer who</u> wins the first prize.

我遇到那位贏得首獎的設計師。

特別提點

知道怎麼應用名詞與代名詞後，以下特別列舉3個會被我們誤用的句子，要小心避開這些文法錯誤喲！

- **Physics are tough.**（物理好難。）
  - 👉 physics字尾雖然有s，但語意上是單數，所以搭配的be動詞是is。

- **Your car is bigger than my.**（你的車比我的大。）
  - 👉 要兩相比較的車，所以應把my改為mine，以表示my car。

- **I meet the sales who her client sued.**（我遇到她客戶控告的那個業務。）
  - 👉 客戶是被控告的一方，所以關代應使用whom。

Unit 02

泰坦神族：化身成鵪鶉的阿斯特瑞亞

介系詞

🏛 神話人物這麼說

星夜女神阿斯特賴亞為躲避宙斯的追求，變成鵪鶉躲入愛琴海。

Asteria: I will <u>jump into</u> Aegean Sea to shun Zeus.

阿斯特瑞亞：我將變成鵪鶉並跳進愛琴海中躲避宙斯。

🛡 圖解文法，一眼就懂

　　介系詞功用是描述一個名詞或代名詞與句中其他部分的關係，常出現於動詞、形容詞、副詞與介系詞後。如上句，jump into的into，即為接在動詞後面的介系詞。

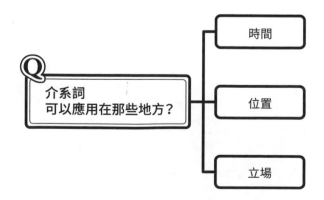

🏛 文法概念解析

在一個完整的句子中，介系詞扮演非常重要的角色！若從組成來看，介系詞可分為單詞介系詞，如by，以及片語介系詞（二字或以上），如due to、on behalf of。從強調的重點來看，分類為：

強調重點	常見介系詞
時間	at、during、in、on、between、since、until…
位置	above、along、on、around、inside、outside…
原因	because、because of、due to、given、for…
方法、所使用工具	by、with、without、via、as、like…
立場	against、for、with…
選擇	of、among、between…
還有	in addition to、as well as、besides、plus…
除…之外、不含在內	except、except for、minus、but、apart from…
材料組成	from、of、with、out of…

介系詞同時也可以代表了時間、位置與立場喲！請看以下整理：

時間

❶ 某一時間點：使用at來明確說明事件發生的時間點。

────────────────────── 時間軸

事件於此時發生

例 Eric arrives at seven.

👉 強調Eric抵達這件事發生在七點。

I 搞懂字詞文法

II 建立時態觀念

III 學會基本句型

IV 躲開文法圈套

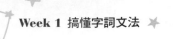

❷ 一段時間：使用on、in來強調就是在這個時間區段

—————|————————|————————————— 時間軸

事件發生的時間區段

例 The meeting is on Monday.

👉 強調會議就是要在星期二舉行。

❸ 一段時間的持續：使用for等來強調已經持續性。

—————|————————|————————————— 時間軸

事件共持續了這麼久

例 The effect will last for one hour.

👉 強調效果將可持續作用一小時。

❹ 一段時間的開始與結束：before與after等來切分時間點，以說明事件的起始與結束。

—————|————————————|————————— 時間軸

事件開始的時間點　　　事件結束的時間點

例 The meeting will end before five.

👉 強調五點前是會議的結束時間。

位置

❶ 上方：above、upon、on、over、on the top等
例 The hat is on the chair.

👉 椅子是參考點，帽子在其上方。

❷ 下方：below、down、beneath、under等
例 The hat is under the chair.

👉 椅子是參考點，帽子在其下方。

❸ 前面：in front of、before、forward to、prior to等

例 The stop is in front of this building.

☞ 大樓是參考點，站牌在其前方。

❹ 對面：opposite

例 The stop is opposite the shop.

☞ 商店是參考點，站牌在它的對面。

❺ 內部：inside、amid、in、within等

例 The watch is put inside a safe now.

☞ 保險箱是參考點，錶在裡面。

❻ 中間：among、between等

例 The age of this man is between 30 to 40

☞ 這個男士的年紀介於30～40之間。

❼ 穿過：pass、across、through等

例 I swim across the river

☞ 游泳可到達河岸的另一端。

❽ 遠離：away from、off

例 This villa is away from the city.

☞ 都市是參考點，別墅離都市很遠。

立場

❶ 支持：for、with

例 I vote for Sandy's proposal.

☞ 說話者對於姍蒂的提案表示贊同。

I 搞懂字詞文法

II 建立時態觀念

III 學會基本句型

IV 躲開文法圈套

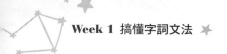

❷ 反對：against

例 I vote against Sandy's proposal.

☞ 説話者對於姍蒂的提案表示不贊同。

　　有些介系詞可以同時代表不同的性質，就像我們前面提到的into，除了可以用在表示動作「到…裡面」、時間推移「進入到…」，也能用來表示變化「成為」喲！

📜 例句示範

　　熟悉介系詞的概念後，接下來就看看例句示範，知道要怎麼應用喲！

1 He arrives at five this morning.

他早上五點抵達。

2 You have to leave before five, or you can't catch the bus.

你五點前得離開，否則趕不上公車。

3 He walks across the street to buy coffee.

他穿過街道去買咖啡。

4 This restaurant is away from the city.

這間餐廳遠離都市塵囂。

5 The match in final is Warriors <u>to</u> Cavalier.

決賽的對戰組合是勇士對騎士。

6 I vote <u>for</u> your proposal.

我支持你的提案。

特別提點

　　知道怎麼應用介系詞後，以下特別列舉3個會被我們誤用的句子，要小心避開這些文法錯誤喲！

- I go forward shake hands with him.（我走向前跟他握手。）
  👉 forward應與to連用。

- The bus stop is opposite to the shopping mall.（公車站在購物中心對面。）
  👉 opposite當介系詞時，後面沒有to。

- The age of this woman is in between 30（那女人的年紀大概在30歲左右。）
  👉 表達範圍用between即可。

泰坦神族：被處罰擎天的阿特拉斯
連接詞

🏛 神話人物這麼說

泰坦神阿特拉斯因背叛宙斯而遭受擎天的懲罰。

Astraeus: Zeus punishes me for carrying the sky on my shoulder <u>because</u> I betray him.

阿特拉斯：因為我背叛宙斯，所以他懲罰我以雙肩扛起天空。

圖解文法，一眼就懂

連接詞的功用是連接句子中的字或是字群，依其目的可再細分為對等、相關及從屬。如上句的**because**即是連接阿特拉斯遭受懲罰的原因。

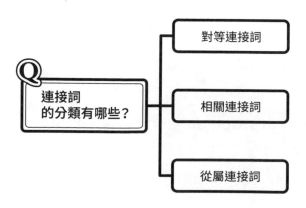

🏛 文法概念解析

　　連接詞顧名思義就是要發揮連接的作用，使句子中的字或是字群的關係更加明確，其目的可再細分為對等連接詞、相關連接詞及從屬連接詞。

對等連接詞

　　連接詞所連接的兩端性質必須是相同的，從結構語言結構面來看，對等連接詞搭配的組合有「字」與「字」、「片語」與「片語」以及「子句」與「子句」。請看以下整理：

❶ and（前後類似）

例 I buy a T-shirt and he buys a jacket.

☞ 兩人都有購買行為，所以使用and連接。

❷ but（前後相反）

例 We practice hard but have a poor performance in the game.

☞ 努力練習理應有好表現，但結果並非如此，所以應以but連接。

❸ or（或、否則）

例1 We can either eat pizza or lunch box.

☞ 說話者只會在兩種食物中選擇一種，所以應以or做連接。

例2 Be careful, or you may get hurt.

☞ 說話者警告對方不小心，就可能受傷，所以應以or連接。

❹ so（因果關係）

例 It is snowing now, so we sit near the fireplace.

👉 現在下雪了，因此說話者坐在火爐附近取暖，所以應以**so**來連接。

❺ nor（配合否定）

例 The proposal is neither attractive nor feasible.

👉 提案已經不吸引人，又不具有可行性，所以應以**nor**連接。

❻ for（提供理由）

例 I don't want to stay here, for the room is too noisy.

👉 說話者想離開原因是太吵，所以應以**for**連接。

相關連接詞

相關連接詞是成對出現，且彼此有所關連。請看以下整理：

❶ either... or...（不是…，就是…）

例 Mark is coming either Friday or Saturday.

👉 馬克會在星期五或星期六其中一天來。

❷ neither... nor...（既不…，也不…）

例 Neither Sam nor Dan knows what happen.

👉 馬克與丹兩人都不知道當前的狀況。

❸ both... and（…和…都…）

例 Both Sam and I go to see this movie.

👉 電影山姆與說話者都有去看。

❹ not only... but also（不但…，而且…）

例 Leo is not only a teacher but also a pianist.

☞ 里歐同時具有老師跟鋼琴家的身分。

❺ as... so...（只要…，就會…）

例 As you sow, so shall you reap.

☞ 種下哪種種子，就得到哪樣的果實，中文中的「要怎麼收穫就怎麼栽」常以此表示。

❻ so... that...（如此…，以至於…）

例 Tina is so hungry that she eats two burgers.

☞ 飢餓就容易吃得多。

❼ whether... or...（不論…或…）

例 I don't know whether he will come or not.

☞ 說話者也不知道對方會不會來。

（從屬連接詞）

當句子中出現從屬連接詞，其前的子句為主要部分，其後就是附屬部分，請看以下整理：

❶ 時間｜after、before、when、as soon as、while、as

例 I leave before Ken arrives.

☞ 強調說話者離開的時間早於肯到達的時間。

❷ 原因｜as, because, since

前面 Zeus punishes me for carrying the sky on my shoulder because I betray him. 就表示了阿特拉斯被處罰的原因。

搞懂字詞文法 Ⅰ

建立時態觀念 Ⅱ

學會基本句型 Ⅲ

躲開文法圈套 Ⅳ

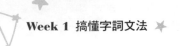
❸ 相關｜which, who, that, where, whose

例 Andy is the one who eat ten burgers.

👉 安迪就是吃掉十個漢堡的人，因此用**who**來連接身分上的相
等。

🎵 例句示範

熟悉連接詞的概念後，接下來就看看例句示範，知道要怎麼應用
囉！

1 This coffee is cheap in price <u>but</u> good in taste.

此款咖啡雖然便宜但很好喝。

2 He leaves the pubs, <u>for</u> the bar is too crowded.

他離開酒吧是因為吧台太擁擠。

3 I am <u>so</u> hungry <u>that</u> I order a burger and a pizza.

我很餓，所以點了漢堡跟比薩。

4 I don't know <u>whether</u> Sandy will come <u>or</u> not today.

我不知道姍蒂今天會不會來。

5 The bus has left <u>before</u> Sam arrives at the stop.

山姆抵達站牌時，公車早已開走。

6 I am the one <u>who</u> get the first prize.

我就是拿到首獎的那個人。

特別提點

　　知道怎麼應用連接詞後，以下特別列舉3個會被我們誤用的句子，要小心避開這些文法錯誤喲！

- Your proposal is not feasible and attractive.（你的提議既不可行也不吸引人。）

　👉 and應該為nor以達配合否定。

- As you work hard, so you shall get promotion.（只要你努力工作，你就會被升職。）

　👉 句型上習慣倒裝，所以shall應移至you之前。

- Because I am late, so I take a taxi to school.（因為我遲到了，所以我搭計程車去上學。）

　👉 表因果時because和so只能擇一使用。

泰坦神族：
克洛諾斯領導黃金時代的興起與衰落
形容詞／副詞

神話人物這麼說

克洛諾斯開創黃金時代，但後為宙斯所推翻。

Cornus: I am <u>powerful</u>, but my son Zeus tries <u>hard</u> to overthrow me.

克洛諾斯：我很有權力，但我的兒子宙斯很努力地想推翻我。

圖解文法，一眼就懂

形容詞與副詞都是修飾語，原則上形容詞修飾名詞，副詞則可修飾名詞、副詞、動詞與子句。如上句克洛諾斯以形容詞powerful來形容自己的權勢，以副詞hard來形容宙斯嘗試的動作。

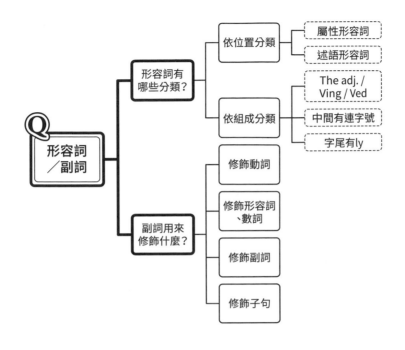

文法概念解析

　　形容詞與副詞都是一種修飾語，兩者共同之處在於都可以形成比較級與最高級；主要差別則是可使用的範圍大小。原則上形容詞用來修飾名詞，而副詞可修飾、動詞、形容詞、副詞與子句。

形容詞

❶ 屬性形容詞｜位置靠近所要修飾的名詞之前，有限定與修飾的作用。

例 social life

☞ 形容詞social加在名詞life前，用來說明生活的屬性。

❷ 述語形容詞｜述語形容詞通常會出現在以下兩種位置中。

　❶ 連綴動詞後（詳見本書Unit 7），當作主詞補語，形成S+V+O
　　的句型。如前面的I am powerful，be動詞是連綴動詞，接
　　powerful修飾主詞。

　❷ 複合及物動詞後，當作受詞補語。形成S+V+O+C句型。

　　例 We think this plan feasible.

　　👉 think後接受詞plan與補語feasible，表達說話者的想法。

　　根據組成的差異，形容詞又可分為以下幾種：

❶ The adj. / Ving / Ved

　例1 The beautiful= people who are beautiful=美人

　例2 The starving=people who are starving=（正在）挨餓的人

　例3 The accused=people who are accused=被告

　例4 The Spanish=西班牙人

❷ 中間有連字號：

　❶ adj. / adv.-Ned

　　👉 bad-tempered（脾氣不好的）

　❷ N-N

　　👉 heart-breaking（心碎的）

　❸ 數詞-Ned

　　👉 three-legged（三條腿的）

　❹ 將多個單字串聯

　　👉 an-twenty-minute song（一首20分鐘的歌）

❸ 字尾有ly

一般來來說，形容詞字尾加上ly會變副詞，但有些形容詞與副詞同形，使用時要特別注意，以免產生混淆。如lovely=可愛的=可愛地

副詞

副詞原則上就是形容詞字尾+ly。

❶ 修飾動詞｜說明動作的狀態

如前面Zeus tries hard to overthrow me，hard說明動作的狀態。

❷ 修飾形容詞、數詞｜強調程度的高低

例 I am way tired after the baseball game.

☞ way強調疲累程度很高。

❸ 修飾副詞｜強調程度的高低

例 He can speak English very fluently.

☞ fluently強調對方英文程度很好。

❹ 修飾子句｜表達描述者的觀點

例 Frankly speaking, I don't think this plan feasible.

☞ 說話者不想講場面話，因此用frankly來表明立場。

如果就種類來區分，副詞可以細分為：

種類	作用	常用
時間	用來說明於何時發生	now、yesterday、then
頻率	用來說明頻繁程度	always、often、sometimes
地方	用來說何處發生	here、there
程度	用來說明程度的高低	entirely、so、very

由於形容詞與副詞都是修飾語，當要表達程度上的差異時，就會使用到比較級與最高級喲！請看以下整理：

變化規則	適用類別	舉例說明
more+原級=比較級 most+原級=最高級	1. 三音節以上 2. 字尾有ed、en、ing、ly	1. difficult ➡ more difficult ➡ most difficult 2. bored ➡ more bored ➡ most bored
原級+er=比較級 原級-est=最高級	1. 單音節 2. 字尾有y	1. new ➡ newer ➡ newest 2. gray ➡ grayer ➡ grayest
重複字尾+er=比較級 重複字尾+est=比較級	單一字母的母加上字尾為單音節子音	big ➡ bigger ➡ biggest
原級+r=比較級 原級+st=最高級	字尾是e	brave ➡ braver ➡ bravest
去y+ier=比較級 去y+iest=最高級	字尾是子音子母+y	early ➡ earlier ➡ earliest

例句示範

熟悉形容詞和副詞的概念後，接下來就看看例句示範，知道要怎麼應用喲！

1 This is a <u>good</u> car.

這輛車很棒。

2 I <u>often</u> eat hamburger as my breakfast.

我很常吃漢堡當早餐。

3 <u>Frankly</u> speaking, your performance astonished me.

說真的，你的表現讓我驚豔。

特別提點

知道怎麼應用形容詞和副詞後，以下特別列舉2個會被我們誤用的句子，要小心避開這些文法錯誤喲！

• The China use chopstick to eat.（中國人用筷子吃東西。）

　　☞ The+某國語言=某國人，所以China應該為Chinese。

• Evil will be punished in the long run.（惡人終有惡報。）

　　☞ The evil代表邪惡的人，才可當作主詞。

泰坦神族與宙斯之戰
冠詞／數詞

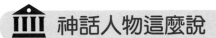

🏛 神話人物這麼說

為對抗泰坦族，宙斯與自己的兄弟姐妹聯手。

Zeus: I am <u>the one</u> who lead my <u>three</u> brothers and <u>two</u> sisters to fight with our father and the Titan.

宙斯：我是領導三個兄弟與兩個姐妹對抗父親與泰坦族的那個人。

🎖 圖解文法，一眼就懂

冠詞位於名詞之前，兩者連用可以說明是泛指還是特指，類別有定冠詞、不定冠詞、零冠詞。數詞共可分兩種，用來記數的稱基數，談順序的則為序數。如上句the one是宙斯用來表示自己就是那個人，three和two則表示自己兄弟姊妹的數量。

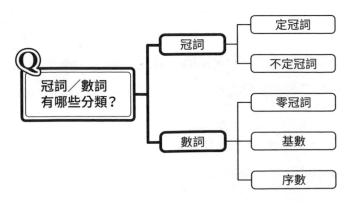

文法概念解析

當冠詞與名詞連用時，就在表達此名詞為特別指定，或只是一般泛指。

定冠詞

指稱的事物是有特定範圍的，與the連用形成名詞片語的名詞有：

❶ 條件明確的限定：

1 宇宙中唯一的人事物，如：the sun

2 先前提過的事物，如：He is the man I mention in the phone call.

3 與最高級連用，如：the highest

4 序數，如：the second

5 動植物總稱，如：the dog

6 與國名形容詞，如：the Chinese

7 樂器，如：the piano

8 年代時間，如：the 80s

9 姓氏，如：the Brown

10 組織，如：the Red Cross

11 山脈、海洋、島嶼，如：the Alps、The Pacific Ocean

❷ 根據相關環境的限定：看似無限定，但可以從地緣條件產生限定。

例 Mark sits in the back of the classroom, so teacher Lin asks him to close the door.

搞懂字詞文法

建立時態觀念

學會基本句型

躲開文法圈套

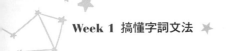

　　👉　因為馬克坐在教室後面，由地緣知道是要關後門。

不定冠詞

　　所指稱的事物是沒有特定範圍，只有兩種，分別是a、an。

❶ 第一次提到的人事物、某一類人事物的其中一個例子、

❷ 專有名詞，如：We are looking for a Mr. Lin.

❸ 與某人特質相同，如：a Tiger Woods 👉 意指很會打高爾夫球

❹ 某人的作品，如：a Beethoven 👉 意指此為貝多芬的作品

❺ 引介下定義的名詞，如：An accountant is...

❻ 與數詞、時間、產品等連用，如：100 USD a person.

零冠詞

　　所指稱的事物前面是沒有冠詞與其他限定詞。

❶ 專有名詞

　　例 New York is the city I love the most.

　　👉　New York是專有名詞。

❷ 表示抽象概念的不可數名詞與複數名詞

　　例 Friendship can be shown in many ways.

　　👉 友誼是不可數名詞，且概念上屬於抽象。

❸ 季節、月份、星期等有與時間相關的名詞

　　例 We have no class on Friday this semester.

　　👉 星期五是跟時間有關的名詞。

❹ 語言、運動、遊戲、餐點等名詞

例 Baseball is my favorite sport.

👉 棒球是運動項目。

❺ 頭銜、職位、身分等

例 Professor Lin is the host of this workshop.

👉 Professor是頭銜。

（數詞）

　　在英文中，表示數量會使用數詞，舉凡電話、學號、時間、年代等無排序的數字組合，會以基數表示，如：1986= nineteen eighty-six。但單憑數詞並無法表現出先後順序，這時就要用序數。

❶ 基數：就是阿拉伯數字。

無規則(0-9)	zero、one、two、three、four、five、six、seven、eight、nine
無規則(10-12)	ten、eleven、twelve
1-9+teen =13-19	thirteen、fourteen、fifteen、sixteen、seventeen、eighteen、nineteen
1-9+ty=30-90	thirty、forty、fifty、sixty、seventy、eighty、ninety
百、千、百萬、十億、兆	hundred、thousand、million、billion、trillion

❷ 序數：有順序的數字。其常見使用情況以樓層（一樓the first floor）、分數(1/3= one-third)、週年(the 8th anniversary)等。

I 搞懂字詞文法

II 建立時態觀念

III 學會基本句型

IV 躲開文法圈套

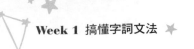

無規則變化	first、second、third
規則變化	基數+th=序數 ➡ 如：fourth、sixth等等
	基數字尾有ve ➡ 去ve + f + the=序數 ➡ 如：fifth、twelfth
	基數字尾有t ➡ 加h=序數 ➡ 如：eighth
	基數字尾有e ➡ 去e+th=序數 ➡ 如：ninth
	基數字尾有ty ➡ 去y，加ieth ➡ 如：thirtieth (30th)

例句示範

　　熟悉介系詞的概念後，接下來就看看例句示範，知道要怎麼應用喲！

1 Jenny plays the piano well.

珍妮很會彈鋼琴。

2 We are looking for a Ms. Liang.

我們在找一位梁小姐。

3 Love is invisible but important.

愛雖無形但卻很重要。

4 The selling price of this sport car is ten million NTD.

這輛跑車售價一千萬台幣。

5 More than one half of our income comes from <u>the best</u> <u>seller</u>.

主力商品的銷售佔總營收的一半以上。

6 Now we are in <u>the thirtieth</u> floor.

我們現在位在三十樓。

特別提點

　　知道怎麼應用名詞與代名詞後，以下特別列舉3個會被我們誤用的句子，要小心避開這些文法錯誤喲！

- Sun rises from the east.（旭日東昇。）
　　☞ 宇宙中只有一個太陽，所以其前要加The。

- The sales of the running shoes accounts for two third of our income.（慢跑鞋的銷售佔了我們三分之二的營業額。）
　　☞ 三分之二是有兩個三分之一組成，因此third後面要加s。

- Our company is listed in the one hundredth and tenth out of the top 500 business in USA.（我們的公司在全美前五百大中排名110名。）
　　☞ 兩位數以基數變序數，更改個位數即可。即one hundred and tenth。

I 搞懂字詞文法

II 建立時態觀念

III 學會基本句型

IV 躲開文法圈套

泰坦神族滅亡
動詞／動名詞／不定詞

🏛 神話人物這麼說

宙斯能擊敗泰坦神族，獨眼巨人居功厥偉。

Zeus: Since we help Cyclops to escape, what do you get from him?

宙斯：既然我們幫助獨眼巨人逃走，你從他那得到什麼回禮？

Poseidon: He gives me a Trident for showing his appreciation.

波賽頓：他給我三叉戟做為感謝。

🛡 圖解文法，一眼就懂

動詞是表達動作或狀態的詞類。原形動詞+Ving形成動名詞。不定詞是由to加上原形動詞，有動詞特性。如上句help、give為動詞，help後面接不定詞to加escape，showing則是show加ing的動名詞。

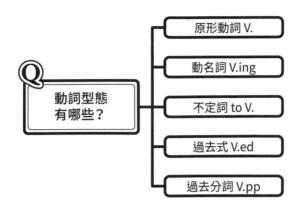

原形動詞 V.

動名詞 V.ing

不定詞 to V.

過去式 V.ed

過去分詞 V.pp

動詞型態
有哪些？

文法概念解析

動詞

　　動詞是表達動作或狀態的詞類，主要有以下六大類：（連綴、使役、感官、授與動詞請見後面章節介紹。）

❶ 及物vs.不及物

及物動詞之後須接一個或以上受詞，像是波賽頓說He gives me...，give後面就接受詞me（我）。不及物動詞後面則不加受詞，如Don't laugh.（別笑。）

❷ 動態vs.靜態

　　① 動態：動作、改變、身體感受，有進行式型態，如drink。

　　② 靜態：心理的認知、感官、擁有，沒有進行式型態，如forget。

❸ 瞬間vs.持續

　　① 瞬間：動作瞬間就結束，如arrive、come，或是宙斯提到的

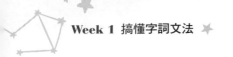
escape（逃跑）。

2 持續：動作會持續一段時間，如cook、sing。

④ 轉述｜其後的受詞通常會接that引導的子句，如claim。

⑤ 限定vs.非限定

1 限定：需有明確人稱、時式、語氣、數量等的動詞型態，共有原形動詞、過去式兩種，如close、closed。

2 非限定：不需有明確人稱、時式、語氣、數量等的動詞型態，共有不定詞to V、to省略的不定詞（型態同原形動詞）、動名詞Ving、過去分詞Vpp。

⑥ 階段｜這類的動詞強調狀態的變化。

1 表目的：其後通常接不定詞為受詞，如agree、learn、decide。

例 I decide to go home early today.（我決定今天早點回家。）

👉 說話者做決定目的是要提早回家。

2 表情緒：其後常加Ving為受詞，如enjoy、dislike。

例 I enjoy reading si-fiction novels.（我喜歡看科幻小說。）

3 表動貌：其後常加Ving為受詞，如delay、finish、remember。

例 I haven't finished reading this paper.（我還沒讀完論文。）

註：表動貌的階段動詞（如forget、remember）除可加Ving來表達某事已經發生外，其後也可加不定詞，說明某事還沒發生。有些動詞意義上則會與加Ving不同。

例 I forget to lock the door.（我忘記鎖門。）

👉 說話者真的沒有鎖門。

例 I forget locking the door.（我忘記我有鎖門了。）

👉 說話者忘記自己已經有鎖門了。

動名詞

　　動名詞是在動詞之後加ing，形成動狀詞，可當名詞用，或是做為句子的主詞、受詞或補語。像是波賽頓回答宙斯 ...for showing... ，showing就是show加上ing的動名詞。

例1 Drinking damages your liver.

👉 drinking為名詞，所以可做為句子的主詞。

例2 You should quit drinking.

👉 drinking為名詞，所以也可接在動詞後當作動詞的受詞。

例3 John's favorite hobby is drinking.

👉 在S+V+C句型中，drinking為名詞，所以可做為補語之用。

不定詞

　　不定詞是由to加上原形動詞，有動詞特性，但可做為形容詞、副詞、名詞，所以可做句子的主詞、受詞、補語。

例1 Since we help Cyclops to escape...（我們幫助獨眼巨人逃走…）

👉 to escape為名詞，所以也可以接在動詞後做受詞。

例2 To see is to believe.（眼見為憑。）

👉 to see為名詞，所以可作為句子的主詞。

例3 Ken's favorite hobby is to play basketball.（肯最大的興

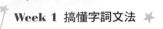

趣是打籃球。）

☞ To play basketball可做為主詞補語。

例4 He is the man to be respected.（他是備受尊敬的人。）

☞ to be admired可做為形容詞來修飾man。

🎵 例句示範

　　熟悉動詞、動名詞、不定詞的概念後，接下來就看看例句示範，知道要怎麼應用囉！

1 I <u>write</u> my younger brother a birthday card.

我寫了張生日卡給我弟。

2 I <u>am cooking</u> dinner now.

我現在正在煮晚餐。

3 I <u>find that</u> Jason used to <u>live</u> in New York.

我發現傑森過去曾在紐約住過一段時間。

4 Professor Wang is the one <u>to be respected</u> in the field bioscience.

王教授是生物科學領域中值得我們尊敬的人。

5 I <u>forget to bring</u> my locker's key.

我忘記帶置物櫃的鑰匙。

6 I <u>forget bringing</u> my locker's key

我忘記自己其實有帶置物櫃的鑰匙。

特別提點

　　知道怎麼應用動詞、動名詞、不定詞後，以下特別列舉3個會被我們誤用的句子，要小心避開這些文法錯誤喲！

- I am loving my hometown.（我愛我家鄉。）
  ☞ love是靜態動詞，am loving應改為love。

- I am arriving at the bus station.（我抵達車站了。）
  ☞ arrive只有那一瞬間，am arriving應改為arrive。

- Mark is the one to be admire.（馬克是受人尊敬的人。）
  ☞ 為人所景仰，概念上屬被動，所以應用admired。

奧林帕斯天神：宙斯的崛起
連綴動詞

🏛 神話人物這麼說

擊敗泰坦族後，宙斯成為眾神之王。

Zeus: Now I <u>become</u> the lord of gods.

宙斯：現在我成為眾神之王。

圖解文法，一眼就懂

連綴動詞是沒有動作的不及物動詞，其後不加受詞，以補述的名詞、形容詞等修飾主詞。上句宙斯說自己become變成眾神之王，眾神之王即是補述名詞修飾主詞。

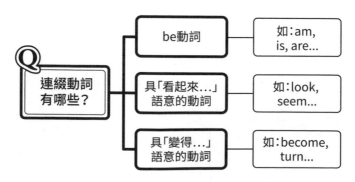

文法概念解析

　　連綴動詞是一種沒有動作的不及物動詞，因此其後沒有受詞，但會有主詞補語，其類型有以下兩種：

be 動詞

　　be動詞共有is、am、are、was 、were、be、been、being這幾種型態。以下透過兩個表格說明各型態所適用的時態（時機）與人稱：

動詞型態	適用時態／時機
is 、am、are	現在式
was、were	過去式
be	助動詞後
been	完成式
being	進行式

動詞型態	適用人稱
am、was	第一人稱
are、were	第二人稱
is、was	第三人稱
being、been	第一人稱、第二人稱、第三人稱

❶ I am a student.（我是個學生。）

👉 I為第一人稱，加上是在描述某一事實，所以應使用am。

❷ Jason is my older brother.（傑森是我哥哥）。

👉 Jason是第三人稱，加上是在描述某一事實，所以應使用is。

❸ You are best friend.（你是最好的朋友。）

👉 You是第二人稱，加上是在描述某一事實，所以應使用are。

具「看起來……」或「變得……」語意的動詞

　　單就字面來看，「看起來…」或「變得…」似乎有實際的動作，但事實上前者強調的是結果的「顯現」或狀態的「持續」，如look、appear、seem、stay、remain、stand，後者則是說明狀態的「改變」語意的動詞有become、grow、turn、fall。像宙斯說的I become...的become，就是狀態改變的意思喲！

❶ become：其後可接N.、adj.。

例 Now I become the lord of gods.

👉 宙斯「變成」萬神之王。

❷ look：其後接形容詞或補語。

例 This car looks nice.

👉 車子的「狀態」是「好的」。

❸ appear：其後接to V或that... 。

例 It appears that our promotion campaigns work.

👉 進行促銷的結果是「成功」。

❹ seem：其後可接adj、to V、that...做為補語。

例 Sandy seems happy with her new job.

☞ 姍蒂對現在工作感到「滿意」。

❺ stay：其後可加adj.。

例 I hope the weather will stay sunny tomorrow.

☞ 說話者希望「晴天」的狀態可以「持續」到明天。

❻ remain：其後可接to V、adj.。

例 The room remains cool in summer time.

☞ 房間涼爽的狀態，即使到夏天也沒改變。

❼ stand：其後可接adj.、to V。

例 The selling price of this machine stands high for years.

☞ 機器「售價高」的情況已「持續」多年。

❽ grow：其後可接to V、adj.等作為補語。

例 I grow to like the quiet atmosphere here.

☞ 說話者原本不喜歡這邊靜謐的氣氛，但後來改變了。

❾ turn：其後可接adj.或與against、into等連用。

例 Daisy face turns pale.

☞ 黛西的臉色由正常轉為蒼白。

❿ fall：其後可加形容詞或補語。

例 Since the movie is too boring, I fall asleep within ten minutes.

☞ 說話者的精神狀態由清醒變為睡著。

 例句示範

熟悉連綴動詞的概念後，接下來就看看例句示範，知道要怎麼應用喲！

1 Amy <u>is</u> a happy girl.

艾咪是個快樂的女孩。

2 You <u>were</u> the team leader at that time.

當時你是隊長。

3 You <u>should be</u> more careful.

你應該更加小心。

4 This watch <u>looks good</u> on you.

這支錶很適合你。

5 This system <u>remain stable</u> even the data is huge.

即使資訊量極大，本系統依然可穩定運作。

6 Mary and John firstly meet in a party and soon <u>fall in love</u>.

瑪莉和約翰在派對首次相遇便很快陷入熱戀。

特別提點

　　知道怎麼應用連綴動詞後，以下特別列舉3個會被我們誤用的句子，要小心避開這些文法錯誤喲！

- I have gone to San Francisco, so I can introduce you some good restaurants there to you.（我去過舊金山，所以我可以跟你介紹一些那邊的好餐廳給你。）

　☞ have gone to意指已動身，使用have been to才可表經驗。

- Ted seems to happy with his new job.（泰德似乎對他的工作很滿意。）

　☞ 表「變得⋯」時，seem其後直接加形容詞。

- I grow like the food here.（我慢慢喜歡那邊的食物。）

　☞ 對食物的接受度有改變時，應用grow to V。

I 搞懂字詞文法

II 建立時態觀念

III 學會基本句型

IV 躲開文法圈套

宙斯的性格
使役動詞

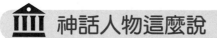

🏛 神話人物這麼說

宙斯個性上雖善忌多疑，但也賞罰分明。

Zeus: I will <u>make</u> diligent people get what they deserved.

宙斯：我會讓努力之人得其所應得。

🛡 圖解文法，一眼就懂

「使役」指的就是要求別人做某事，此類動詞共有let、make、have、get，四者都可解釋為「使…」，在程度上有些微差異。像是宙斯說的那句I will make... 的make，就是使役動詞的一種喲！

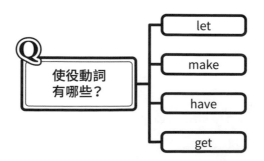

文法概念解析

使役，顧名思義就是要求別人做某事。英文中的使役動詞共有以下四種：let、make、have、get。就語意來看，雖然四者都可解釋為「使…」或「讓…」，但若細究其修辭，當中還是有所差異。就文法面而言，使役動詞其後所接受詞，會影響其後所接動詞的型態，請看以下整理：

使役動詞	受詞特性	後接動詞形態
let / make / have	受詞本身能做出此動作	V / not V
get	受詞本身能夠做出此動作	to V / not to V
let / make / have / get	受詞本身不能夠做出動作	Vpp / not Vpp

let

let表示「使…」，代表說話者希望對方依照我（們）的意願／指示來行事。

❶ I let him leave.（我讓他離開。）

☞ 此句的主詞為I，受詞為有能力進行其後leave（離開）動作的him（他），因此其後的動詞形態為原形動詞。在語意上，則傳達出對方願意接受說話者的指揮行事。

❷ Please let your mistake corrected.（請改正你的錯誤。）

☞ mistake（錯誤）為沒有能力進行其後correct（改正）這個動作的受詞，因此其後的動詞形態為過去分詞。

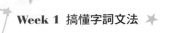

make表示「使…」，在語意上比較屬於強迫某人去做事（通常是他／她不想做的事）。

❶ I don't want to go to this party, but my wife makes me go.（我不想參加派對，但我太太叫我得去。）

👉 my wife為從屬子句的主詞，受詞為有能力進行其後go（離開）動作的me（我），所以其後動詞形態應為原形動詞（go），語意上則表現出說話者排斥參加派對，但太太卻強迫要他參加。

❷ The director makes the tough task handled by a staff who is lazy all the time.（主任讓一名平時愛偷懶的員工處理此棘手業務。）

👉 此句主詞為director，受詞為tough task。由於事情要靠人才能解決，所以其後的動詞形態應為過去分詞(handled)。語意上傳達出主任強迫平時會閃工作的員工處理棘手業務。

have

have表示「使…」，傳達的是要求某人做事，或是賦予某人責任。

❶ I have Jason clean the room.（我讓傑森打掃房間。）

👉 此句的主詞為I，受詞為能夠做到其後clean（清潔）動作的Jason，所以後接動詞的形態應為原形動詞(clean)。語意上則表現出說話者將打掃的責任交予傑森。

❷ I make the sick old lady taken care by one caregiver.（我讓一名看護照顧這位生病的老婦人。）

☞ 此句主詞為I，受詞為無法做到自我照顧的sick old lady（生病的老婦人），所以其後動詞形態應為過去分詞(taken)。語意上則表現出說話者將照顧的責任交予看護。

get

get表示「使…」，說服去某人做事。

❶ 例1：I got him to stay for one more night.（我讓他願意多留一晚。）

☞ 此句的主詞為I，受詞為能夠做到留下的受詞him，所以其後所接的動詞形態應為不定詞(to stay)。語意上則表現出對方原本可能今天就要離開，但因為說話者的要求而決定多留一晚。

❷ 例2：I got our new logo designed by a master who has retired for years.（我讓已經退休多年的大師願意設計公司的新標誌。）

☞ 此句的主詞為I，受詞為不會自己被設計出來的logo，所以其後的動詞形態應為過去分詞(designed)。語意上則傳達出退休的名家在說話者的遊說下願意再出江湖。

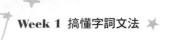 例句示範

　　熟悉使役動詞的概念後，接下來就看看例句示範，知道要怎麼應用喲！

1 This movie <u>makes</u> my cry.

這部電影讓我流淚。

2 I <u>get</u> the book cover designed by a famous artist.

我說服一位有名的藝術家替我設計書的封面。

3 <u>Let</u> us go.

走吧！

4 I don't want to go to a movie today, but my girlfriend <u>makes</u> me go.

我今天不想看電影，但我女朋友強迫我去。

5 Mom <u>has</u> me clean my room.

媽媽要我打掃自己的房間。

6 I <u>get</u> my friend to stay to have dinner together.

我讓我的朋友留下來一起吃晚餐。

特別提點

　　知道怎麼應用使役動詞後，以下特別列舉3個會被我們誤用的句子，要小心避開這些文法錯誤喲！

- I get the house design by a creative architecture.（我讓一位有創意的建築師幫我設計房子。）

  ☞ 房子是靠人設計的，所以其後動詞形態應為**designed**。

- I have my baby take care by a nurse.（我讓一位護士照顧我的寶寶。）

  ☞ 嬰兒無法自己照顧自己，所以其後動詞應為**taken**。

- I get Sam join our team.（我說服山姆加入我們的團隊。）

  ☞ Sam為可自行動作的受詞，其後動詞應為 to join。

宙斯、波賽頓、黑帝斯兄弟順序之由
感官動詞

🏛 神話人物這麼說

宙斯救出被父親吞下肚的波賽頓與黑帝斯，因此兩人視宙斯為大哥。

Poseidon: I <u>see</u> you rescue Hades and me.

波賽頓：我看到你救了黑帝斯和我。

🛡 圖解文法，一眼就懂

感官動詞指的是有用到感覺器官的動詞，包含感覺、聽、看等動作，其後加動名詞(Ving)或原形動詞(v)。如上段波賽頓說I see you rescue...，see（看）後面就接原形動詞rescue（拯救）。

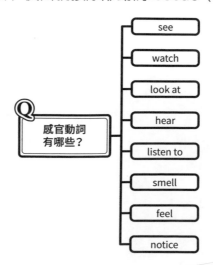

感官動詞有哪些？
- see
- watch
- look at
- hear
- listen to
- smell
- feel
- notice

文法概念解析

感官動詞指的是和身體五官的感覺或動作有關（看、聽、聞、嚐、感覺）的動詞，包括see, watch, hear, listen to, smell, feel, notice等。感官動詞根據語言習慣，可區分為兩類。

感官動詞	其後文法結構	背後意涵
see、watch、hear、listen to、notice、feel	受詞 + V	某事已經發生
	受詞 + Ving	某事進行中
smell、taste	受詞 + 補語	説明特性

由上表可知，see、watch、hear、listen to、notice由於動作的持續性明顯，可用來強調事實，也可表達正處於發生過程中。smell、taste在動作上因偏向瞬間完成，一般來説多透過補語表達受詞的特性。

視覺：see、watch、notice

see強調用眼睛觀察四周。watch則是較長時間的觀察，且被觀察的人事物通常正在改變或移動中。

❶ see

例1 I see Amy cry.（我看到艾咪哭。）

👉 強調艾咪有哭過。

例2 I see Amy crying.（我看到艾咪正在哭。）

👉 強調艾咪正在哭。

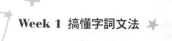

❷ watch

　　例1 I watch Sam move this desk.（我看到山姆搬動桌子。）

　　👉 強調山姆有搬桌子。

　　例2 I watch Sam moving this desk.（我看到山姆正在搬動桌子。）

　　👉 強調山姆正在搬桌子。

❸ notice

　　當你留意某人事物時，情況可能有下兩種：

　　1 對方的動作已經結束或事物的狀態已經固定。

　　2 對方的動作持續中。

　　　　例1 I notice Mary cry.（我注意到瑪莉有哭。）

　　　　👉 強調瑪莉有哭。

　　　　例2 I notice Mary crying.（我注意到瑪莉正在哭。）

　　　　👉 強調瑪莉正在哭。

　　聽覺：hear、listen to

　　雖然都是聽，但**hear**指的是用耳朵留意四周的聲音，**listen**表現的是集中注意力的聽。以下依續舉例說明：

❶ hear

　　例1 I hear the bird sing.（我聽到鳥鳴。）

　　👉 強調說話者有聽到鳥叫。

　　例2 I hear the bird singing.（我聽到鳥正在鳴叫。）

　　👉 強調鳥現在正在鳴叫。

❷ listen

例1 I listen to the professor deliver a speech.（我聽教授演講。）

☞ 強調説話者有聽教授演講。

例2 I listen to the professor delivering a speech.（我聽到教授正在演講。）

☞ 強調教授現在正在演講。

【觸覺：feel】

雖然feel也可以表達心中的感受，但當感官動詞時，指的是因「接觸」所產生感受。

例1 I feel the ground shake.（我覺得地面晃動。）

☞ 強調有感覺到地面晃動。

例2 I feel the ground shaking.（我覺得地面正在晃動。）

☞ 強調地面正在晃動。

【嗅覺：smell】

氣味要靠人的嗅覺分辨，但由於聞到味道僅是「瞬間」，因此在文法上習慣不去強調此氣味是已經存在還是正在產生。

例 I smell something bad.（我聞到不好聞的味道。）

☞ 強調氣味的特性，不探討狀態。

【味覺：taste】

風味要靠嘴巴嚐過後才知道，得知其結果後動作也旋即結束，因此文法上同樣習慣不去細究風味是已經存在，還是正在產生。

例 I taste something sweet.（我品嚐某種有甜味的食物。）

☞ 強調風味,不探討狀態。

例句示範

　　熟悉感官動詞的概念後,接下來就看看例句示範,知道要怎麼應用 喲!

1 I see him enter this building.

我看到他進入這棟建築物。

2 I listen to the teacher giving lecture.

我聽到老師正在講課。

3 I hear Sam singing.

我聽到山姆正在唱歌。

4 I notice Sam shouting.

我注意到山姆在咆哮。

5 I smell something strange.

我聞到奇怪的味道。

6 I taste something unfamiliar.

我品嚐到不熟悉的味道。

特別提點

知道怎麼應用感官動詞後，以下特別列舉3個會被我們誤用的句子，要小心避開這些文法錯誤喲！

- I smell something rot.（我聞到腐爛的味道。）

  ☞ 談嗅覺重狀態，所以rot應改為rotten。

- I saw Jason leaving not long ago.（我不久前看到傑森離開。）

  ☞ 離開僅是個瞬間，leaving應該為leave。

- I listen to a baby crying.（我聽到嬰兒正在哭。）

  ☞ listen to是（專注、試圖）要聽。注意聽嬰兒的哭聲不太有人會這麼做，listen to改hear較符合邏輯。

宙斯、波賽頓、黑帝斯的職責之由
授與動詞

🏛 神話人物這麼說

宙斯、波賽頓、黑帝斯分別掌控天界、大海湖泊、冥界。

Zeus: Poseidon, I <u>give you the power</u> to rule the sea and lakes.

宙斯：波賽頓，我給予你掌控海界湖泊的權力。

🛡 圖解文法，一眼就懂

「授與」顧名思義就是給別人東西，因此其後通常會有兩個受詞，先接人後接物。若要先接物則須加上介系詞。如上句give先接人you，再接物the power。

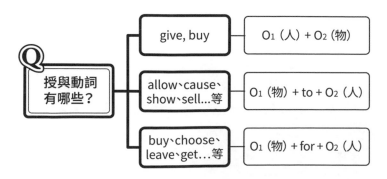

文法概念解析

　　授與動詞，顧名思義就是把東西給別人，因此動詞後的受詞會有兩個，一個是人，一個是物，通常會是「人」在前做「直接受詞」，「物」在後當「間接受詞」，形成所有授與動詞通用的S + V+ O1 + O2的句型，以下舉使用率最為頻繁的give為例加以說明：

例1 I give you the power to rule the sea and lakes.（波賽頓，我給予你掌控海界湖泊的權力。）

☞ 主詞是I，使用授與動詞give，直接受詞you（波賽頓），間接受詞the power，就是標準的S + V+ O1 + O2句型。

例2 I give Mary a book.（我給瑪麗一本書。）

☞ 此句的主詞是I，使用的授與動詞是give，直接受詞是Mary，間接受詞為book，形成標準的S + V+ O1 + O2 句型。

　　但授與動詞的用法也並非只有固定一種，若要以「物」做「直接受詞」，其後要加上「介系詞」，再接「人」當「間接受詞」。請看以下整理：

S + 授與動詞 + O1 + to+ O2

　　適用此句型的授與動詞有：allow、pass、give、teach、lend、offer、owe、cause、hand、pay、sell、send、show、promise、read、take、tell、write。以下列舉show、send、write加以說明：

I 搞懂字詞文法

II 建立時態觀念

III 學會基本句型

IV 躲開文法圈套

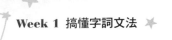

❶ show

例1 Professor Lin shows his new finding to me.（林教授向我展示他的新發現。）

☞ 此句的主詞是Professor Lin，使用的授與動詞是show，但由於以new finding做直接受詞，所以在間接受詞me前要加上介系詞to。

❷ send

例 I send a letter to Liz.（我寄信給莉茲。）

☞ 此句的主詞是I，使用的授與動詞是send，但由於以letter做直接受詞，所以在間接受詞Liz前要加上介系詞to。

❸ write

例 Tom writes a letter to Mary.（湯姆寫信給瑪莉。）

☞ 此句的主詞是Tom，使用的授與動詞是write，但由於以letter做直接受詞，所以在間接受詞me前要加上介系詞to。

S + 授與動詞 + O1+ for +O2

適用此句型的pick、fetch、find、buy、choose、cook、save、get、order、make、leave、reserve。以下列舉find、choose、buy加以說明：

❶ find

例 Jason finds a cheap car for me.（傑森替我找了輛便宜的車。）

☞ 此句的主詞是Jason，使用授與動詞find，但由於以a cheap car做直接受詞，所以在間接受詞me之前要加上介系詞for。

❷ choose

例 Sandy chooses a sport watch for me.（姍蒂為我選了一支運動手錶。）

👉 此句的主詞是Sandy，使用的授與動詞是choose，但由於以sport watch做直接受詞，所以在間接受詞me前要加上介系詞for。

❸ buy

例 I buy a new motorcycle for my younger brother.（我買了一輛新的摩托車給我弟弟。）

👉 此句的主詞是I，使用的授與動詞是buy，但由於以a new motorcycle做直接受詞，所以在間接受詞my younger brother前要加上介系詞for。

例句示範

　　熟悉介系詞的概念後，接下來就看看例句示範，知道要怎麼應用喲！

1 I <u>buy</u> Mary a dress.

我買了件洋裝給瑪莉。

2 Sam <u>gives</u> me a map.

山姆給我一張地圖。

3 Peter <u>shows</u> the idea he just comes up with <u>to</u> me.

彼得向我展示他剛想出來的概念。

4 Mark <u>hands</u> the spoon <u>to</u> me.

馬克遞湯匙給我。

5 David <u>cooks</u> a soup noodle <u>for</u> her wife.

大衛替他太太煮了碗湯麵。

6 My best friend <u>reserves</u> a concert ticket <u>for</u> me.

我的好友替我預訂了一張演唱會的門票。

特別提點

知道怎麼應用名詞與代名詞後，以下特別列舉3個會被我們誤用的句子，要小心避開這些文法錯誤喲！

- I buy a mug to Karl.（我買一個馬克杯給卡爾。）

  ☞ 當以物為直接受詞時，buy應搭配for。

- Susan shows to me her latest invention.（蘇珊給我看她最新的發明。）

  ☞ 當以人做直接受詞時，動詞show後面不必加介系詞。

- My younger brother lends to me his laptop.（我弟弟借我他的電腦。）

  ☞ 當以人做直接受詞時，動詞lend後面不加介系詞。

海神波賽頓的野心
助動詞

🏛 神話人物這麼說

波賽頓已是海界的霸主，但一心想擊敗宙斯掌握更多權力。

Poseidon: I <u>do</u> want to replace Zeus as the lord of the sky.

波賽頓：我想取代宙斯成為天空的霸主。

圖解文法，一眼就懂

助動詞沒有意義，但可以幫助主要動詞形成語氣、時態、疑問、語態、情態及否定。如上句的do即是助動詞，用來強調want to想要的強烈性。

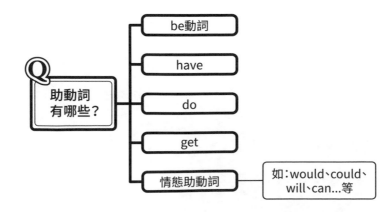

文法概念解析

　　助動詞本身沒有意義，共分為兩類，一是「一般助動詞」，二是「情態助動詞」。前者與主要動詞連用時，可形成疑問、否定、強調語態或時態。後者在某些情況下，即使與主要動詞連用，仍不具詞彙意義，而是在於表達動作的「狀態」或是情緒的「態度」。

一般助動詞

❶ be：be動詞除了是連綴動詞外，本身不具意義，因此也屬於助動詞的一種，其常見作用就是形成「進行式」或「被動語態」。

　　例1 I am watching TV.（我正在看電視。）

　　👉 am與watching形成進行式。

　　例2 My watch is stolen.（我的手錶被偷了。）

　　👉 is與stolen形成被動式。

❷ do：do的主要功用在於形成否定、疑問及加強語氣。

　　1 否定：與not連用形成do not（縮寫don't）、does not（縮寫doesn't）。

　　　　例 Davis doesn't buy this watch.（戴維斯沒有買那支錶。）

　　2 疑問：表達疑問的形式有兩種，一是置於句首；二是置於句末，其後重複句子的主詞。

　　　　例1 Do you eat seafood?（你吃海鮮嗎？）

　　　　👉 詢問對方的飲食習慣。

　　　　例2 You know him, do you?（你認識他，是嗎？）

I 搞懂字詞文法

II 建立時態觀念

III 學會基本句型

IV 躲開文法圈套

> 再次確認對方的交友情況。

3 加強語氣：do也可強調擁有或是可行性。

例1 I do want to replace Zeus as the lord of the sky.（我想取代宙斯成為天空的霸主。）

> 強調慾望。

例2 I do have the certificate.（我確實有證照。）

> 強調確實持有某物。

例3 This method does work.（這方法有效。）

> 強調確實具有可行性。

❸ have：have與主要動詞最常的連用方式就是形成「完成式」。

例 I have been to Japan.（我去過日本。）

❹ get：get與主要動詞最常的連用方式是形成「被動式」，但比較屬於非正式的口語用法。

例 We got set by the friend we trust.（我們讓信任的朋友安排。）

(情態助動詞)

　　情態助動詞的數量很多，請看以下較常見的情態助動詞整理：

助動詞	功用	例句
can	1. 能力 2. 准許 3. 可能性 4. 請求	1. I can speak English. 2. No one can enter without the ID card. 3. This plan can't work. 4. Can I help you?
will	1. 承諾 2. 請託	1. I will help you. 2. Will you please turn off the light?
must	1. 義務 2. 必然 3. 重要性	1. You must get the permission first. 2. He must be the successor. 3. You must dress up in this meeting.
may	1. 准許 2. 可能性 3. 祝福 4. 過去事實的推測	1. May I use your data? 2. This news may be true. 3. May you be young forever! 4. He may have been to the headquarters.
would （will的 過去式）	1. 委婉的請求 2. 可能性 3. 意願	1. Would you give me a hand? 2. He would be in his 60s. 3. He would never marry a foreigner.
could （can的 過去式）	1. 過去的能力 2. 容許 3. 惋惜	1. I couldn't afford university 2. You could go with me. 3. We could have won the game.
should	1. 義務 2. 應做而沒做好	1. You should finish this task today. 2. You should do it earlier.
might （may的 過去式）	1. 比may在更小的可能性 2. 可能發生，但卻沒發生	1. It might rain this afternoon. 2. The performance might have been better.

I 搞懂字詞文法

II 建立時態觀念

III 學會基本句型

IV 躲開文法圈套

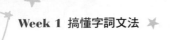 例句示範

熟悉助動詞的概念後，接下來就看看例句示範，知道要怎麼應用喲！

1 I am eating dinner now.

我現在正在吃晚餐。

2 He does graduate from a famous university.

他的確畢業於名校。

3 We get cheated by the dishonest vendor.

我們被不誠實的小販騙了。

4 You must be the new colleague!

你肯定是那位新同事了！

5 May I ask you a question?

可以問你一個問題嗎？

6 You should be responsible for this mistake.

你必須為此錯誤負責。

特別提點

　　知道怎麼應用助動詞後，以下特別列舉3個會被我們誤用的句子，要小心避開這些文法錯誤喲！

- You should have done it early.（你應該早點做完。）

　　☞　由於是要表達應做而未做，**have done**應改為**do**。

- We could won the game.（我們原可以贏得比賽。）

　　☞　由於實際情況是輸了比賽，所以應改為**have won**。

- The efficiency might be better.（效率應該更好。）

　　☞　由於此事應發生但未發生，所以應改為**might have been**。

12
Unit

冥王黑帝斯管轄的冥府
同位語

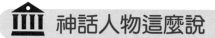

🏛 神話人物這麼說

黑帝斯是希臘神話中掌管冥界之神。

Hades: I, Hades, am the god of the underworld.

黑帝斯：我，黑帝斯乃冥界之神。

🪖 圖解文法，一眼就懂

　　同位語指的是名詞之後緊接一個名詞或名詞相等語來說明（無逗號，表非限定）或補充（有逗號，表限定）。如上句Hades即是I的同位語。

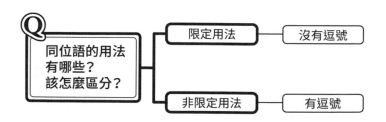

🏛 文法概念解析

　　同位語指的是在一個「名詞」或「名詞相等語」之後緊接另一個的「名詞」或「名詞相等語」做為修飾語。若從形容詞子句的角度切入，加入修飾語的目的有二，一是補充說明，二是產生限定。該採何種用法，主詞是否有「唯一性」是重要的判斷依據，以下進一步舉例說明：

補充說明

　　當同位語表補充說明時，代表被修飾的對象理論上在這世上就只會有「一個」，不會有混淆的可能性，其目的是希望給予讀者或聽眾「更多資訊」。在此用法中，名詞或名詞相等語與同位語之間「需要逗號」做分隔。就像冥界之神黑帝斯就只有他一個，所以他才會自稱I, Hades, am the god of the underworld.（我，黑帝斯乃冥界之神。）請看以下舉例：

例1 My father, who is in his 60s, is a teacher.（我爸今年六十幾歲，他是一名教師。）

☞ 理論上來說，一個人的父親應該就只有一位。說話者的父親是名老師，加上同位語的目的在於補充說明他的年紀。

例2 Cal Tech, which is a prestigious university in the West Coast, is known for its physics research.（加州理工學院是一間在美國西岸享有盛名的大學，以其物理研究著稱。）

☞ 全美只有一間學校會叫做加州理工學院，因此加上同位語的目的在於補充說明該校的名聲甚好。

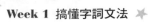

產生限定

　　當同位語表產生限定時，代表被修飾的對象屬於某個具有相似特性群體中的「其中一個」，會有混淆的可能性，若加上同位語可將範圍縮小，有助於釐清是在描述群體當中的哪個特定個體。在此用法中，名詞或名詞相等與同位語之間「不需要逗號」做分隔，以下以人與事物各舉一例加以說明：

例1 My younger brother who lives in Japan came back to Taiwan last night.（我住在日本的弟弟昨晚返台。）

☞ 說話者的弟弟不只一位，為了要明確指出是哪位返台，所以需加上同位語來強調是住在日本的那位。

例2 Our smart phone which has the best sales figures is high-end one.（本公司銷售數字最好的智慧型手機是一款高階手機。）

☞ 一間公司所販售的手機的規格配備可能琳瑯滿目，為了要明確表達是何款賣的最好，故需加上同位語來強調是高階款。

例3 My mother who is in her 50s is a nurse.（我當護士的母親今年五十幾歲。）

☞ 說話者的母親不只一位，以限定方式描述其特質雖然文法上是正確的，但由於母親有生母與繼母之別，限定用法無法讓我們得知是在描述哪一位，因此建議改以非限定用法說明，以下舉例說明：

例1 My bio-mother, who is in her 50s, is a nurse.（我的生母今年五十幾歲，她是名護士。）

例2 My step-mother, who is in her 50s, is a nurse.（我的繼母今年五十幾歲，她是名護士。）

☞ 上述兩種用法皆能清楚區分差異，所以對方不會產生混淆。

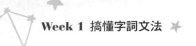 例句示範

熟悉同位語的概念後，接下來就看看例句示範，知道要怎麼應用喲！

1 My younger brother Sam who lives in Tokyo.

我其中一個弟弟山姆住在日本。

2 My younger brother, Sam, who lives in Tokyo.

我的弟弟山姆他住日本。

3 My best friend, Frank, gives me a watch as my birthday gift.

我的好友法蘭克送給我一只手錶做為生日禮物。

4 My friend Frank gives me a watch as my birthday gift.

我所認識的其中一位法蘭克送給我一只手錶做為生日禮物。

5 My uncle, David, lives in New York.

我叔叔大衛住在紐約。

6 My uncle David lives in New York.

我那些叫做大衛的叔叔當中，有一位住在紐約。

特別提點

　　知道怎麼應用同位語後，以下特別列舉**3**個會被我們誤用的句子，要小心避開這些文法錯誤喲！

- My friend Sam is engineer.（我朋友山姆是工程師。）

  👉 理論上，朋友不會只有一個，所以應改為**My friend, Sam, is...**。

- My mom who is in her 50s is a nurse.（我媽媽今年五十歲，是名護士。）

  👉 理論上，母親只有一個，所以應改為 **my mother, who is in her 50s,...**。

- Jade Mountain which is 3952 meter in height is the highest mountain in Taiwan.（玉山有**3952**公尺高，是台灣最高的山。）

  👉 台灣只有一座玉山，所以應改為**Jade Mountain, which is 3952 meter in height,...**。

13 Unit

宙斯與赫拉的愛情故事
片語

🏛 神話人物這麼說

天后赫拉是宙斯的姊姊，也是他唯一宣示其正宮地位的太太。

Zeus: Hera, you are the women I love the most.

宙斯：赫拉，你是我最深愛的女人。

🪖 圖解文法，一眼就懂

片語是由一群具有相關性的單字所組成，此組合可能缺少主部、述部，或是兩者皆無。以其中心詞作為分類依據。如上句the woman即是名詞片語。

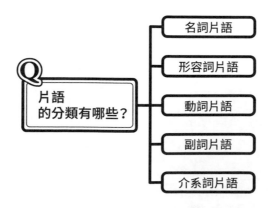

片語
的分類有哪些？
- 名詞片語
- 形容詞片語
- 動詞片語
- 副詞片語
- 介系詞片語

文法概念解析

　　從片語「片」字，我們可以理解這種組合並無法獨立成句。各種片語所缺少的部分不同，有的沒有主部，有的少了述部，或兩種都沒有，但若將數種片語加以組合，就可形成一個邏輯清楚的句子。請看以下整理：

名詞片語

　　名詞片語是在名詞之前加上限定詞與修飾語（非絕對必要）。因此幾乎所有的句子都包含名詞片語。

例 Hera, you are the women I love the most.（赫拉，你是我最深愛的女人。）

☞ the是「限定詞」，woman是「名詞」，兩者組成一個名詞片語做為句子的「主詞」。

形容詞片語

　　由兩個以上的形容詞或是形容詞搭配修飾語所組成，可表達程度、狀態。

例 This room is big enough for me.（這房間對我來說夠大了。）

☞ 以程度副詞enough為修飾語，big為形容詞，兩者組成形容詞片語，藉此表達程度。

副詞片語

　　多數的副詞片語是由介系詞加上名詞所組成，其餘則有介系詞加形

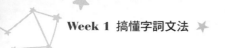

容詞、介系詞加副詞、名詞加介系詞再加名詞。

❶ 介系詞＋名詞

例 Tom is at home now.（湯姆現在在家。）

☞ at home為副詞片語，可用來說明地點。

❷ 介系詞＋形容詞

例 At least, you finish the proposal in time.（至少你及時完成提案了。）

☞ at least為副詞片語，可用來表達程度。

❸ 介系詞＋副詞

例 He decides to live here for long.（他決定在此長住了。）

☞ for long為副詞片語，可用來說明時間長短。

❹ 名詞＋介系詞＋名詞

例 We need to check the content word by word.（我們必須逐字檢查內容。）

☞ word by word為副詞片語，用來說明檢查的程度。

（ 動詞片語 ）

　　動詞片語指的是在動詞之前加上至少一個助動詞，以表達時態、語態、疑問或是否定。

❶ 時態：包含現在、過去、現在進行、過去進行等

例 Jason is doing a presentation now.（傑森正在報告。）

☞ 說明傑森目前在做什麼。

❷ 語態：包含主動、被動等。

例 My car was stolen last night.（我車子昨晚被偷了。）

👉 説明車子是「被偷的」。

❸ 疑問：以助動詞形成直接問句及間接問句。

例 Can you speak English?（你會説英文嗎？）

👉 詢問對方的語言能力。

❹ 否定

例 This jacket doesn't look good on you.（這件外套不適合你。）

👉 表達某服飾不適合某人。

介系詞片語

　　介系詞片語是以「介系詞」為開頭，其後加上名詞或代名詞。這樣的結構與上述的副詞片語很像，因此副詞片語通常也是介系詞片語。

例 I will go home within one hour.（我一小時內會回家。）

👉 within one hour既是副詞片語也是介系詞片語，用於描述時程長短。

感嘆詞片語

　　感嘆詞是用於表達驚喜、痛苦、悲傷、憤怒等情感的詞，字數為二字以上，且同樣可表感嘆的的字詞組合，即為感嘆詞片語。

例 My goodness! Mark broke his left leg.（天呀！馬克摔斷他的左腿了！）

👉 My goodness為感嘆詞片語，語意上同感嘆詞alas，可用於

表達遺憾、關切之意。

連接詞片語

連接詞片語的作用在於使字或字群的關係更加明確。

例 Sam behaves as if nothing has happened.（山姆裝作若無其事的樣子。）

☞ **as if** 為連接詞片語，可用來表達與事實相反的語氣。

🎵 例句示範

熟悉片語的概念後，接下來就看看例句示範，知道要怎麼應用喲！

1 The battery is dead.

電池沒電了。

2 We have to do it step by step.

我們必須按部就班。

3 This desk is too small for me.

這桌子對我來說太小。

4 David is in his office now.

大衛現在在他的辦公室。

5 This T-shirt <u>doesn't look good on</u> you.

這件T恤不適合你。

6 I will be back <u>within 20 minutes</u>.

我二十分鐘內會回去。

特別提點

　　知道怎麼應用片語後，以下特別列舉3個會被我們誤用的句子，要小心避開這些文法錯誤喲！

- My wallet stolen.（我的皮夾被偷了。）

　　皮夾是「被」偷的，因此需加上is形成被動語態。

- My goodness! I win the jackpot.（天哪！我賭贏了。）

　　goodness多用於負面消息，改用wow等驚嘆語是用於正面情況的，語氣較為恰當。

- He remains calm as if nothing happen.（他保持冷靜，似乎沒事發生一樣。）

　　連接詞片語as if表達出與事實相反的語氣，其後應改為has happened。

WEEK **II**

建立時態觀念

MON	TUE	WED	THUR	FRI	SAT	SUN
1 現在式	3 現在 完成式	5 過去 進行式	7 完成 進行式	9 未來 進行式	REVIEW	TAKE A BREAK
2 現在 進行式	4 過去式	6 過去 完成式	8 未來式	10 未來 完成式		

按照學習進度表，練等星星數，成為滿分文法大神！

★ **Unit 1-4** 基本時態小達人

★★ **Unit 5-8** 進階時態小天才

★★★ **Unit 9-10** 時態觀念小神手

赫拉的性格
現在式

　　赫拉的個性原本非常溫柔，但因為丈夫宙斯愛拈花惹草，而變得多疑善妒。

　　Hera: I <u>feel</u> angry <u>now</u> because my husband has affairs with other goodness.

　　赫拉：我現在很生氣，因為我的丈夫跟其他女神搞曖昧。

🛡 圖解文法，一眼就懂

　　現在式的完整名稱是現在簡單式，其功能為表達狀況或是習慣等。如上句赫拉表示自己**feel angry now**，即是簡單現在式。

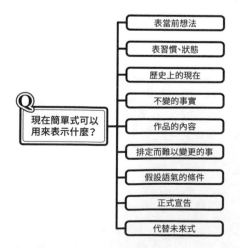

文法概念解析

　　現在式的完整名稱是「現在簡單式」，因其動詞型態為現在式，故有此名。其功用有以下九種：

❶ 目前的想法／當前事物的狀態

　　例1 I feel angry now because my husband has affairs with other goodness.（我現在很生氣，因為我的丈夫跟其他女神搞曖昧。）

　　☞ angry屬於「感受」的一種，搭配現在簡單式，就表達了赫拉當前憤怒的想法。

　　例2 It is cold and windy today.（今天又冷風又強。）

　　☞ cold與windy都是描述天候的用語，搭配現在簡單式可說明當前的天氣狀態。

❷ 習慣的動作或是固定的狀態

　　例1 I go to church on Sundays.（我每星期天上教堂做禮拜。）

　　☞ 說話者每隔一段時間會去做禮拜，搭配現在簡單式可表達這是他／她的習慣。

　　例2 James lives in the downtown of New York.（詹姆士住在紐約市中心。）

　　☞ 除非搬家，否則詹姆士居住的地點都相同，搭配簡單式可表達此一固定的狀態。

I 搞懂字詞文法

II 建立時態觀念

III 學會基本句型

IV 躲開文法圈套

❸ 歷史上的現在

例 Stephen Curry gets the ball and makes a three point shooter. It is a buzzer beater. Warriors win the champion.

（史蒂芬柯瑞拿到球投了一顆三分，這是顆壓哨球。勇士隊贏得總冠軍。）

👉 說話者描述這段過程時，比賽早已結束，但搭配現在簡單式可讓讀者有種身歷其境的感受。

❹ 恆久不變的事實

例 The sun rises from the east.（太陽從東方升起。）

👉 日出的位置不會因為時間地點而改變，搭配現在簡單式可表達此種恆久不變的事實。

❺ 描述作品（電影、小說等）的情節

例 The story begins with the scene of sunrise, and the protagonist begins his adventure.（故事開始於日出的場景，然後主角就開始了他的冒險。）

👉 由於是在介紹作品，搭配現在簡單式可清楚描述其內容。

❻ 已排定、人力無法輕易改變的未來情況或動作

例 The mayoral election is scheduled for next week.（市長選舉預計下週舉行。）

👉 排定的選舉日期不太可能因為人為因素而變更，現在簡單式可呈現此種不易變更性。

❼ 正式宣告

例 I fine you one NTD 3000 for speeding in highway.（你違規停車，本席依法裁罰你台幣三千元整。）

☞ 當法官或警察要向民眾告知違規罰鍰金額時，搭配現在簡單式可產生正式宣告的語氣。

❽ 在從屬子句中表未來的時間、條件

例 I will feel happy if you join our team.（如果您願意加入敝團隊的話，我會很高興。）

☞ 由於加入某團隊對方才會感到高興，所以應使用現在簡單式來表達此為假設語氣中的條件句。

❾ 代替未來式：有關來去移動的動詞，如come、leave、go、arrive等，可使用現在簡單式來代替未來式。

例 I leave for New York next Monday by air.（我下星期一飛往紐約。）

☞ 下星期是一個未來的時間，理論上應使用未來式，但由於leave為跟來去有關的動詞，所以可使用現在簡單式來代替未來式。

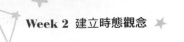 例句示範

　　熟悉現在式的概念後，接下來就看看例句示範，知道要怎麼應用喲！

1 Ben feels tired, so he decides to go home now.

班因為感覺到疲憊，所以決定現在回家。

2 I go swimming on Wednesdays.

我固定星期三會去游泳。

3 Kevin lives in Taipei.

凱文住在台北。

4 The winter vacation begins for next week.

寒假從下週開始。

5 I will feel relieved if you choose to stay.

你如果選擇留下，我會鬆一口氣。

6 I leave for Tokyo tomorrow.

我明日將前往東京。

特別提點

知道怎麼應用現在式後，以下特別列舉3個會被我們誤用的句子，要小心避開這些文法錯誤喲！

- I go jogging on Saturday.（我星期六去慢跑。）
  ☞ 由於是在描述某種習慣，Saturday應改為Saturdays。

- I will be excited you deciding to go with me.（我很興奮你決定跟我一起去。）
  ☞ 由於是表假設語氣的條件，deciding應改為decide。

- I will play tennis on Saturdays.（我星期日去打網球。）
  ☞ 由於是要表習慣，will play應改為play。

冥王黑帝斯追求波瑟芬
現在進行式

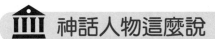

🏛 神話人物這麼說

黑帝斯運用強硬手段追求波瑟芬,最終讓她成為冥后。

Hades: I am pursuing Persephone.

黑帝斯:我正在追求波瑟芬。

🪖 圖解文法,一眼就懂

現在進行式可用來表達某事正在進行,或是某事已進行一段時間,未來有可能會持續下去。如上句I am pursuing,即是黑帝斯表示自己正在追求波瑟芬。

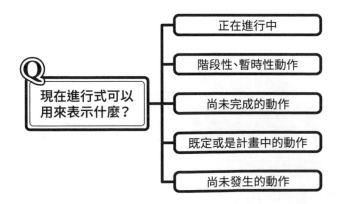

文法概念解析

　　現在式進行式可以用來描述一個動作目前尚未完成、正在進行或發展中，因此適用於具「變化性」、「動態性」的動詞，如move、climb等。「靜態性」、「瞬間性」的動詞，如hate、arrive等則不適用。其功用大致有五種，請看以下整理：

❶ 說話者正在進行的動作

例1 I am pursuing Persephone.（我正在追求波瑟芬。）

👉 黑帝斯表示自己正在追求波瑟芬，所以應使用現在進行式來強調動作的進行。

例2 I am answering an important phone, so please be quite for seconds.（我正在接聽一封重要的來電，請安靜一下。）

👉 說話者在說出此話的同時也在接聽電話，所以應以現在進行式來強調動作正在進行。

❷ 階段性、暫時性的動作

例1 My parents are traveling in Japan.（我爸媽現在正在日本旅遊。）

👉 說話者說出此話時他的爸媽正在日本旅遊，之後才會回來，所以應以現在進行式來表達此種暫時的動作。

例2 My younger brother is working on his PHD.（我弟現在正在攻讀博士。）

👉 說話者說出此話時他的弟弟正在讀博士，之後才會畢業，所以

應以現在進行式來表達具階段性的動作。

❸ 既定或是計畫中的動作

例1 My son is graduating from elementary school in June.
（我兒子六月就要從小學畢業。）

👉 說話者說出此話時他的兒子還在學，但到六月時就畢業，所以應以現在進行式來描述此種計畫中的動作。

例2 We are moving into our new office next month.（我們下個月就要搬進新辦公室辦公。）

👉 說話者說此話時尚在舊辦公室辦公，但到下個月就搬到新辦公室了，所以應以現在進行式來描述此種既定的動作。

❹ 尚未完成的動作

例1 I am replacing the worn out part.（我正在更換已磨損的零件。）

👉 說話者說出此話時，更換零件的動作還進行中，所以應以現在進行式來表達動作尚未完成。

例2 Andy is repairing the machine.（安迪正在維修機器。）

👉 說話者說出此話時，安迪維修的動作還進行中，所以應以現在進行式來表達動作尚未完成。

❺ 即將發生的動作

例1 Ladies and Gentleman, we are landing in five minutes.

（各位先生女士，本班機將於五分鐘後降落。）

☞ 機長廣播此內容時，班機尚未降落，但由於land屬於表移動的動詞，所以可以用現在式來表達五分鐘後即將發生的動作。

例2 Please wait me for five more minutes. I am coming.（請在等我五分鐘，我快到了。）

☞ 說話者說此話時人還沒到，但由於coming屬於表移動的動詞，所以可以用現在式來表達五分鐘後即將發生的動作。

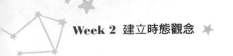

例句示範

　　熟悉現在進行式的概念後，接下來就看看例句示範，知道要怎麼應用嘍！

1 I am listening to the music.

我正在聽音樂。

2 My older sister is travelling in Dubai.

我姊姊正在杜拜旅遊。

3 My nephew is graduating from junior high school this June.

我姪子六月就要從國中畢業。

4 I am maintaining my heavy motor.

我正在保養自己的重機。

5 Please stay for ten more minutes. I am coming.

請再多待十分鐘，我快到了。

6 I am working on my master's degree.

我現在正在攻讀碩士。

特別提點

　　知道怎麼應用現在進行式後，以下特別列舉3個會被我們誤用的句子，要小心避開這些文法錯誤喲！

- I am arriving, so please wait for me.（我要到了，請等我一下。）
  👉 arrive是瞬間動詞，所以沒有進行式。

- I am hating my colleague, Amy.（我討厭我的同事艾咪。）
  👉 hate靜態動詞，所以沒有進行式。

- Please wait me for ten minutes. I will come.（請等我十分鐘，我要過去了。）
  👉 由於是要表達將發生的動作，所以應將will come改為am coming.

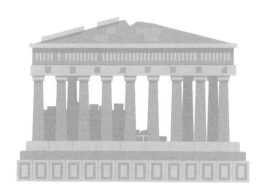

波瑟芬的母親狄密特要回女兒
現在完成式

🏛 神話人物這麼說

宙斯的調停使狄密特有機會與女兒重逢。

Demeter: My daughter <u>has been kidnapped</u> by Hades, so I have to find some way to bring her back.

狄密特: 我的女兒被黑帝斯綁架了，我要想辦法救出她。

🛡 圖解文法，一眼就懂

現在完成式強調某人事物從過去到現在所展現的持續性，所以可用來表達動作的完成、經驗、持續的期間等。如上句has been kidnapped，就表示在狄密特講這句話時，她的女兒仍處在被黑帝斯綁架的狀態。

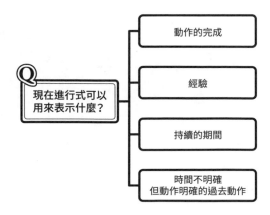

現在進行式可以用來表示什麼？
- 動作的完成
- 經驗
- 持續的期間
- 時間不明確但動作明確的過去動作

文法概念解析

完成式的作用在於強調某人事物從過去到某一時間點之間所展現的持續性。依據此原則，現在完成式的時間的截止會是「現在」，其動詞型態為have / has V.pp。現在完成式的作用大致有四種，一是表達動作的完成，二是表經驗，三是表持續的期間，四是時間點不明確，但目的明確的過去動作。此外，由於完成式重持續性，因此一般來說不會直接與明確的過去時間與連用（如 last night、yesterday），且瞬間動詞（如die、arrive等）也無完成式型態。請看以下整理：

❶ 動作的完成

例 I have finished the first chapter of my thesis.（我已經完成論文的第一章。）

☞ 說話者說出此話時，論文的第一章的撰寫已經完成，所以應使用現在完成式來表示。

❷ 經驗

例 I have been to USA for many times.（我去過美國很多次。）

☞ 截至目前為止，說話者以去過美國多次，所以應使用現在完成式來表達此種經驗。

比較：雖然文法上同為現在完成式，但have gone to的表達的是某人已經前往某地，因此切記不可與have been to混用。

例 He has gone to Hong Kong.（他已經前往香港了。）

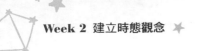

👉 說話者說此話時，對方已經動身，所以應用**have gone to**來表示。

❸ 持續的期間

例**1** My daughter has been kidnapped by Hades, so I have to find some way to bring her back.（我的女兒被黑帝斯綁架了，我要想辦法救出她。）

👉 直到狄密特在說這句的期間，波瑟芬仍是處在被綁架的狀態，所以使用現在完成式來表示時間的持續。

例**2** We have lived in New York for over 20 years.（我們已經住在紐約二十幾年了。）

👉 從二十幾年到現在，說話者都住在紐約，所以應使用現在完成式來呈現時間的持續。

❹ 時間點不明確但目的明確的過去動作

例 The charity has raised 300,000 USD for Orphanage.（慈善機構已為開辦孤兒院募得三十萬美金的善款。）

👉 說話者在描述此事實時，沒有說出是從哪時開始募款，但募款的目的很清楚，所以應使用現在完成式來表達。

❺ We have received more than ten patents last year. (X)

We have received more than ten patents since last year. (O)

（從去年到現在，我們已獲得超過十項專利。）

👉 由於**last year**是一個明確的過去時間，加上時間副詞（本句使用的是**since**）才能形成一個從「過去」到「現在」的期間，符合現在完成式的條件。

❻ William Shakespeare, one of the most outstanding English writers has died for 400 years. (X)

William Shakespeare, one of the most outstanding English writers died 400 years ago. (O)

（威廉莎士比亞四百年前去世。）

☞ 由於die死亡是瞬間動詞，但完成式卻旨在強調動作的持續，因此英文中不會有have / has died的用法出現。若要表達某人距今已過世多久的時間，以過去簡單式表示即可。

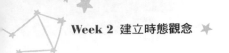 例句示範

　　熟悉現在完成式的概念後，接下來就看看例句示範，知道要怎麼應用喲！

1 I have been to the headquarters of Facebook for two times.
我去過臉書總部兩次。

2 I have arranged all the details of this trip.
我已安排好本次旅遊的所有細節。

3 I have keyed in the first one hundred values.
我已經鍵入前一百筆數值。

4 I have ever seen UFOs.
我曾看過幽浮。

5 I have worked in Taipei for over five years.
我在台北工作超過五年了。

6 He has retired from the position of CFO since 2014.
他2014年就從財務長的職位退休。

特別提點

　　知道怎麼應用現在完成式後，以下特別列舉3個會被我們誤用的句子，要小心避開這些文法錯誤喲！

- He has arrived for ten minutes.（他已經抵達十分鐘了。）

　　👉 由於arrive是瞬間動詞，所以此句應改為He arrived ten minutes ago.

- We live in this town for over 30 years.（我們已在城裡住了30年。）

　　👉 for 30 years與現在形成一個持續的時間，所以其動詞型態應改為have lived in。

- Leo has worked in this company two years.（里歐已在這家公司工作兩年。）

　　👉 現在完成式需搭配一個持續的時間，所以需在two years之前加上for。

四季的由來

過去式

🏛 神話人物這麼說

當波瑟芬在冥界時，萬物凋零，回到大地則萬物復甦。

Demeter: When Persephone <u>was</u> in the underground, I <u>felt</u> extremely sad.

狄密特：當波瑟芬在冥界時，我感到非常難過。

🗿 圖解文法，一眼就懂

若使用過去式，代表描述的動作或事件發生在過去，所以可用來表達過去的事實、過去動作持續的時間等等。如上句的**was**、**felt**，都是用表達過去的事實。

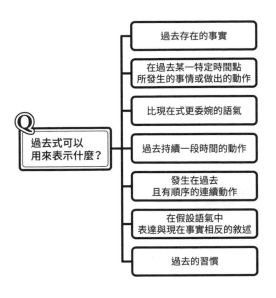

文法概念解析

　　過去式為「過去簡單式」的簡稱，其動詞型態為**Ved**，通常會與明確的過去時間連用，請看以下整理：

❶ 過去存在的事實

例1 When Persephone was in the underground, I felt extremely sad.（當波瑟芬在冥界時，我感到非常難過。）

☛ 狄密特陳述的是過去事實，所以使用過去式。

例2 East Germany was a communist country.（東德過去曾是共產國家。）

☛ 東德過去的確有一段時間為共產政體，所以應搭配過去式來強調這個事實具真實性。

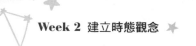

補充：在英文中，現在式與過去式都可描述某一事實，但兩者所傳達的意含有所不同，請看以下整理：

例句	中譯	意涵
Ken is good-tempered and easy-going	肯脾氣好且容易親近。	肯的性格一直一來都是如此
Ken was good-tempered and easy-going	肯過去曾脾氣好且容易親近。	肯的性格過去是如此，但現在已經改變

❷ 在過去某一特定時間點所發生的事情或做出的動作

例 921 Chichi Earthquake happened in 1999.（921集集地震發生在1999年。）

👉 921集集地震是發生在過去且時間點明確的事件，所以應以過去式加以描述。

❸ 呈現比現在式更委婉的語氣

例 Could you turn off the light?（能夠麻煩你關一下燈嗎？）

👉 説話者可能因為某種原因無法自己去關燈，因此對方能夠給予協助。此時若以could取代can，語氣上更為禮貌，傳達出那種「可以麻煩你…幫我…」的語意。

❹ 在過去持續一段的動作

例 In his childhood, James lived in the countryside with his grandparents.（詹姆士兒時在鄉下與祖父母同住。）

👉 詹姆士小時候與祖父母同住，但現在沒有住在一起了，所以應用過去式來表示同住一事只在過去持續了一段時間。

❺ 發生在過去且有順序的連續動作

例 I found the key, opened the door, and turned on the light.

（我找到鑰匙，然後開門，接著開燈。）

☛ 這三個發生在過去的動作有先後順序，更動順序後便無法連續
進行，所以應用過去式來表示。

❻ 在假設語氣中表達與現在事實相反的敘述

例 I wish I were an eagle.（但願我是隻老鷹。）

☛ 由於說話者不可能是隻老鷹，所以應使用過去式來表達與現在
事實相反的假設。

❼ 過去的習慣（常和情態助動詞連用）

例 I used to go to nightclubs when I was young.（年輕時我常
去夜店。）

☛ 說話者在過去有段時間會去夜店玩，但現在沒有了，所以應使
用過去式來表示此為過去的習慣。

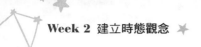

🎵 例句示範

　　熟悉過去式的概念後，接下來就看看例句示範，知道要怎麼應用喲！

1 Mary <u>was</u> optimistic and diligent.

瑪莉過去樂觀又積極。

2 World War I <u>began</u> in 1914

一次世界大戰西元1914年。

3 <u>Could</u> you do me a favor?

可以麻煩幫我一個忙嗎？

4 In his teenage years, he <u>lived</u> in the villa with his family.

在他青少年時期，他與家人住在別墅裡。

5 He <u>would</u> sometimes drink with friends when he was young.

年輕時他偶爾會與朋友小酌兩杯。

6 I wish I <u>were</u> a fish.

但願我是條魚。

特別提點

知道怎麼應用過去式後，以下特別列舉3個會被我們誤用的句子，要小心避開這些文法錯誤喲！

- I wish I was a bird.（我希望我是隻鳥。）

  👉 若要表與現在事實相反的假設，其be動詞過去式固定為were。

- I smoke when I was young.（我年輕時會抽菸。）

  👉 若要表過去的習慣，動詞應為過去式，所以應將smoke改為smoked。

- Past few years, he moved from one city to another.（在過去幾年，他從一個城市搬到另一個城市。）

  👉 由於是要某種動作只發生在過去某段時間內，所以應在past few years前加上in the。

Unit 05

復仇女神的誕生
過去進行式

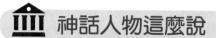

🏛 神話人物這麼說

蓋亞吸收烏拉諾斯的血液後生出三位復仇女神。

Giga: When Uranus <u>was bleeding</u>, the blood splashed made me pregnant.

蓋亞：當烏拉諾斯正在流血時，噴灑出來的血液讓我懷孕。

🗿 圖解文法，一眼就懂

　　過去進行式強調在過去某時間點或時段中有某一動作正在進行，除了可單獨描述這個動作外，也可做另一動作的時空背景或是表願望。如上句was bleeding，就是指過去那個當下，烏拉諾斯正在流血。

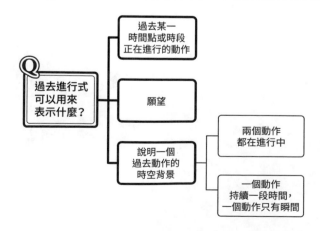

文法概念解析

　　進行式，顧名思義代表某事正在進行中。過去進行式基本上用於描述一個尚未完成的過去動作或事件，其動詞形態為**was / were Ving**，作用有以下三種：

❶ 過去某一時間點或時段正在進行的動作

　例1 When Uranus was bleeding, the blood splashed made me pregnant.（當烏拉諾斯正在流血時，噴灑出來的血液讓我懷孕。）

　👉 烏拉諾斯過去正在流血時的那段期間，他的血讓蓋亞懷孕了。用過去進行式來表示。

　例2 What were you doing around 8 PM last night?（你昨晚八點左右時在做什麼？）

　👉 昨晚八點是個明確的過去時間點，所以可用過去進行式來表達當時正在進行的動作。

　例3 I was singing with my buddies in a KTV last night.（我昨晚跟好友們在KTV唱歌。）

　👉 昨晚是明確的一段過去時間，所以可用過去進行式來表達當時正在進行的動作。

❷ 表願望（語氣比現在簡單式更委婉）

　例1 I was wondering if you could leave me alone for a while.（能否先讓我自己靜一靜？）

☞ 説話者過去曾希望對方先別管他,所以可用過去進行式來表達自己內心的感受。

例2 We were hoping for a better performance this year.(我們希望今年的績效會更好。)

☞ 説話者希望今年公司的營運可以更上層樓,所以可用過去進行式來表達此願景。

❸ 說明一個過去動作的時空背景

1 兩個動作都在進行中

☞ 選擇其一時,另一動作即成為該動作在時間點上的補充説明。

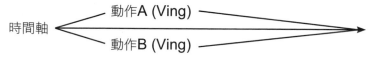

例 Sam was writing a report when his colleague, Amy was preparing the presentation.(山姆在寫報告時,他的同事艾咪正在準備簡報。)

☞ 寫報告與準備簡報是同時進行的,但由於説話者的描述重點放在山姆正在做什麼,因此選擇艾咪的動作前加上**when**做為山姆當時動作的時空背景。

2 一個動作持續一段時間，一個動作只有瞬間

👉 以動作時間較長者為主，較短者成為其時間點的補充說明。

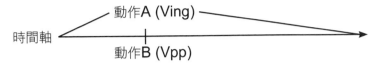

例 When I entered the kitchen, my mom was cooking dinner.（我進到廚房時，我媽正在煮晚餐。）

👉 說話者進入廚房只有一瞬間，媽媽煮晚餐的時間較長，所以煮菜應以過去進行式來表示。

 例句示範

　　熟悉過去進行式的概念後，接下來就看看例句示範，知道要怎麼應用喲！

1 Where <u>were</u> you <u>doing</u> around five this morning?

今天早上五點左右你在做什麼？

2 I <u>was chatting</u> with my friends in a coffee shop this afternoon.

今天下午我在咖啡廳與朋友閒聊。

3 The investors <u>are hoping</u> for better profits this quarter.

投資者希望下一季的獲利會更多。

4 I <u>was wondering</u> if you could compromise a little bit this time.

這次能否請您稍微讓步呢？

5 I <u>was washing</u> my car when the phone rang.

電話響時我正在洗車。

6 Mark <u>was setting</u> the projector when I was copying the file to the laptop.

當我正在複製資料夾到筆電時,馬克正在開啟投影機。

特別提點

　　知道怎麼應用過去進行式後,以下特別列舉3個會被我們誤用的句子,要小心避開這些文法錯誤喲!

- What you did around ten last night?(你昨晚大約十點在幹嘛?)

  ☞ 因為是要詢問在過去某個時間點正做了甚麼事,所以句構應調整為What were you doing...。

- Shareholders hoped for better performance the second half.(股東希望下半年會表現得更好。)

  ☞ 因為是要表達對於未來的願景,所以hoped應改為were hoping。

- While I ate my dinner, the phone rang.(電話響時,我正在吃晚餐。)

  ☞ 吃飯時間較長,所以其動詞形態應改為was eating,以凸顯電話響只發生在吃飯過程中的一瞬間。

06
Unit

復仇女神的懲罰
過去完成式

🏛 神話人物這麼說

復仇女神會給予弒親之人苦難，至其發瘋為止。

Erinyes: If people <u>had known</u> not to commit any crime, we wouldn't chase and punished them so bad.

厄里倪厄斯：如果人們當時知道不該犯任何罪，我們就不會如此緊追不捨並給予嚴厲懲罰。

🛡 圖解文法，一眼就懂

過去完成式強調某一動作（事件）在過去某一時間點或另一動作前已經完成，所以可用於說明順序、假設語氣等。如上句的had known，had後面加known，在過去事件的某個時間點之前，如果人們知道不該犯罪，就不會有嚴厲的懲罰。

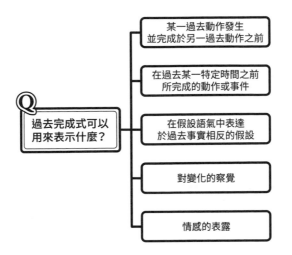

過去完成式可以用來表示什麼？

- 某一過去動作發生並完成於另一過去動作之前
- 在過去某一特定時間之前所完成的動作或事件
- 在假設語氣中表達於過去事實相反的假設
- 對變化的察覺
- 情感的表露

文法概念解析

　　不論是現在完成式或是過去完成式，其功能之一同樣是表達動作已經結束或完成，兩者的差別在於後者描述時間的截止點。既名為過去完成式，其時間截止點當然在「過去」，動詞形態為**had Vpp**，請看以下整理：

❶ 某一過去動作發生，並完成於另一個過去動作之前

　　當兩個過去動作的發生有先後之分，要表達後者發生時前者早已結束，就可用過去完成式來表達。

例 The bus had left when we arrived at the station.（我們抵達車站時，公車早已駛離。）

👉 說話者到站時，由於已經超過發車時間，所以應以過去完成式來說明車輛已經開走。

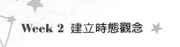

❷ 在過去某一特定時間之前所完成的動作或事件

若以過去某個時間做為切分點，在此時間之前所完成的動作或事件可用過去完成式來表示。

例 By last December, all the operation system had been upgraded to the latest version.（去年12月前，所有的作業系統都已升級至最新版本。）

☞ 若以去年12月做為時間的切分點，在此之前所有的系統都已完成升級，所以可使用過去完成式來表達動作的完成。

❸ 在假設語氣中表達於過去事實相反的假設

在假設語氣中，當過去的假設與當時的實際情況相反時，就可用過去完成式來表示。

例1 If people had known not to commit any crime, we wouldn't chase and punished them so bad.（如果人們當時知道不該犯任何罪，我們就不會如此緊追不捨並給予嚴厲懲罰。）

例2 If I had had enough money, I would have bought this sport car.（如果我當時有足夠的錢，我早就買下這輛跑車了。）

☞ 說話者當時就是因為錢不夠而沒買車，所以應以過去完成式來表達此種與過去事實相反的假設。

❹ 對於變化的察覺

有些與觀察有關的動詞的過去式形態，如discovered、noticed等，常與過去完成式連用，代表當事人發現某事時，此事件早已發生。

例 I discovered that I had lost my sunglasses.（我發現我弄丟我的太陽眼鏡了。）

☞ 說話者說出此話時，代表他的太陽眼鏡早已遺失，所以應使用過去完成式來表達事件已經發生，但他現在才察覺到。

❺ 情感的表露

有些與情感表露有關的動詞的過去式形態，如regretted、admitted等，常與過去完成式連用，代表當事人表達心中情緒時，事件早已發生。

例 I regretted that I had misunderstood my best friend.（我很後悔誤解了自己最好的朋友。）

☞ 說話者講出此話時，代表誤解自己的朋友情況早已發生，故過去完成式可用來表達事件已經發生，而他對此感到後悔。

例句示範

熟悉過去完成式的概念後，接下來就看看例句示範，知道要怎麼應用喲！

❶ The flight had taken off when we arrived at the airport.

我們抵達機場時，班機早已起飛。

2 We had reached a certain consensus before we had this meeting.

本次會議之前，我們已先達成某種程度的共識。

3 By last Friday, all the invitation cards had been sent.

上星期五之前，所有邀請卡都已寄出。

4 If I had done the research, I wouldn't have lost so much money.

如果當時有做研究的話，就不會損失這麼多錢了。

5 I noticed that the cover of the book had broken.

我發現這本書的封面破了。

6 He discovered that his business partner had cheated him in this project.

他發現自己的商業夥伴在本次專案中欺騙他。

特別提點

知道怎麼應用過去完成式後，以下特別列舉3個會被我們誤用的句子，要小心避開這些文法錯誤喲！

- If I had prepared plan B, I would win this order. （如果我有備案，我就會贏得這筆交易。）

  ☞ 由於實際情況是說當時沒有備案可應急，所以**would win**應改為**would have won**。

- I admitted that I messed up this project. （我承認我搞砸了計畫。）

  ☞ 說出此話時，事情早已搞砸，所以應將**messed up**改為**had messed up**。

- We had aligned the parameter before we had used machine. （我們在使用機器前，已經排列了參數。）

  ☞ 使用機器前參數就已校正完成，所以應將**had used**改為**used**。

睡神的誕生
完成進行式

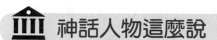

神話人物這麼說

不論是人或是神,睡神許普諾斯Hypnos能夠使其入睡。

Hypnos: For people who <u>have been suffering</u> from disease or pressure, sleep is the best gift I've ever given to them.

許普諾斯:對於那些一直病痛或壓力纏身的人,睡眠是我所能給他們最好的禮物。

圖解文法,一眼就懂

完成進行式強調動作在所描述時間的當下「尚未結束」,且未來仍會「持續」,所以可用於描述動作的存續性或習慣性。如上句的have been suffering,就是指在描述時間的當下,人的疾病或壓力還沒結束,且會持續。

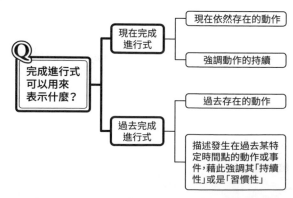

文法概念解析

　　完成進行式又可再細分為現在完成進行式與過去完成進行式，其動詞形態依序為has / have been Ving與 had been Ving。「完成進行式」與「完成式」的最大差別在於前者的動作在所描述時間的當下「尚未結束」，且未來仍會「持續」，但後者的動作在那個當下就已「完成」或「結束」。請看以下整理：

現在完成進行式

❶ 現在依然存在的動作

例1 For people who have been suffering from disease or pressure, sleep is the best gift I've ever given to them.
（對於那些一直病痛或壓力纏身的人，睡眠是我所能給他們最好的禮物。）

☞ 許普諾斯描述在這個時間的當下，甚至未來，人的疾病與壓力都不會結束，且會持續，所以用完成進行式來表達這個持續性。

例2 My father has been working in ABC Electric Component Company for 18 years.（我爸已經在ABC電子零件公司工作18年了。）

☞ 說話者的父親在這間公司已經任職18年之久，未來還會繼續在這工作，所以應以現在完成進行式來表達這種持續性。

例3 The price of oil has been rising.（油價一直上漲。）

☞ 油價說話者描述此情況時已經持續上漲有段時間了，未來價格

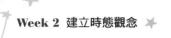

可能還會持續攀升，所以應以現在完成進行式來表達漲價的情況暫時不會趨緩。

❷ 強調動作的持續

例1 Professor Lin has been doing research in biotechnology.（林教授一直在進行生物科技的研究。）

☞ 由於林教授在生物科技領域上的研究從未中斷，所以可用現在完成進行式來描述此種持續性。

例2 I had been looking for a soul mate.（我一直在找尋一位心靈伴侶。）

☞ 說話者一直都在找能與自己心靈契合的異性，所以可用現在完成進行式來表達此動作的持續性。

過去完成進行式

❶ 過去存在的動作

例 The prosecutor had been looking for concrete evidence of this scandal.（檢方過去一直在尋找此項醜聞的鐵證。）

☞ 司法單位過去一直進行蒐證的動作，所以可使用過去完成進行式來表達此行動的持續行。

❷ 描述發生在過去某特定時間點的動作或事件，藉此強調其「持續性」或是「習慣性」。

例1 I had been cooperating with Sam for five years when I moved to San Francisco.（在搬到舊金山之前，我已經和山姆合作五年了。）

☞ 說話者與山姆的合作關係在說話者搬到舊金山之前就已開始，所以可使用過去完成進行式來強調此種狀態的持續性。

例2 Anderson had been taking advantage of him when the conflict happened.（衝突發生之前，安德森就已經常常佔他便宜。）

☞ 事件發生之前，安德森經常會不公平對待對方，所以可使用過去完成進行式來表達此種不良行為已成為習慣。

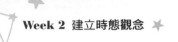 例句示範

熟悉完成進行式的概念後，接下來就看看例句示範，知道要怎麼應用喲！

1 The gold price <u>has been rising</u>.

金價一直上揚。

2 My older brother <u>has been working</u> in DEF Company for 10 years

我哥已經在DEF公司工作十年了。

3 I <u>have been looking for</u> a suitable business partner.

我一直以來都在尋找一個適當的合夥人。

4 We <u>have been gossiping</u> about the scandal of our boss.

我們對老闆的八卦一直議論紛紛。

5 I <u>had been working</u> for DHK for 15 years before I moved to Yokohama.

我搬到橫濱之前，我在DHK公司工作了15年。

6 He <u>had been bullying</u> my younger brother when the serious conflict broke out.

在那場激烈衝突發生前，他就已經常常欺負我弟。

特別提點

　　知道怎麼應用完成進行式後，以下特別列舉3個會被我們誤用的句子，要小心避開這些文法錯誤喲！

- I has worked in this company for 20 years, so I only get five more years to be qualified to retire.（我已經在這家公司服務20年，再5年就要退休了。）

  ☞ 由於是要傳達未來還會繼續工作到退休，所以應將has worked改為had been working。

- I have looked for a suitable successor to take over my business.（我在尋找一個適合接管我事業的繼承者。）

  ☞ 由於是要表達一直在找，所以應將have looked改為have been looking。

- He cheated my older sister when the conflicted broken out.（在衝突發生前，他就欺騙我姊了。）

  ☞ 對方在衝突爆發前就已經會去欺騙說話者的姐姐，所以應將cheated改為had been cheating。

睡神雙胞胎的性格
未來式

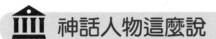

🏛 神話人物這麼說

睡神許普諾斯Hypnos的孿生兄弟是死神塔納托斯Thanatos。

Thanatos: When I show up near someone, it means the person will die soon.

塔納托斯：當我出現在某人附近時，代表這個人不久之後就會死。

🛡 圖解文法，一眼就懂

未來式是強調某個動作或事件，未來會、或是預計會發生，所以可用於表預測、承諾以及臨時的決定等。像上句the person will die soon的will die，就是表示將會死亡的意思。

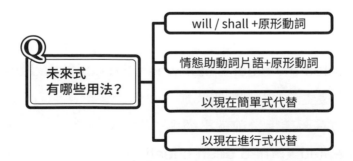

文法概念解析

　　英文中用來表未來的語法共有四種，其中兩種與助動詞有關，分別為助動詞will / shall+原型動詞(V)，以及情態助動詞片語（如be going to、be bound to等）+原型動詞(V)。就其功用而言，前者表達的是未來「會發生」的事情或動作，後者則為未來「預定」、「打算」進行的動作或是「即將發生」的事件。另外兩種則是以「現在簡單式」或「現在進行式」代替未來式，請看以下整理：

❶ will / shall +原型動詞

當未來式的主詞為第一人稱的I或we時，就最嚴謹的文法來看，會使用shall而非will，但現代英語中多不在有此區隔。但做為法律用語時，仍使用shall。當使用will / shall表達未來時，其功用有預測、承諾、臨時的決定等。

例1 When I show up near someone, it means the person will die soon.（當我出現在某人附近時，代表這個人不久之後就會死。）

☞ 塔納托斯使用未來式表示，當他出現在某人的附近時，這個人將來的不久會死去。

例2 I will be back next Friday.（我下星期五會回來。）

☞ 說話者說出此話時人尚在外地，使用未來式代表他承諾下星期五會回來。

例3 The wind is too strong. I will close the window.（風太大了，我去關窗戶。）

👉 說話者感受到強風後才打算要關窗戶，因此可用未來式來表達此決定是臨時做出的。

例4 The buyer shall pay the down payment three working days prior to the date of shipment.（買方應於出貨日的三個工作天前支付尾款。）

👉 在法律用語中，當要表達利害關係人未來應盡的義務時，習慣以shall來表示。

❷ 情態助動詞片語+原型動詞

英文中的情態助動詞很多，其中be going to、be to、be about to、be bound to等可用來表達未來可能進行的動作或是很快就會發生的事件。

例1 All representatives are going to have a meeting to settle the dispute.（所有代表打算開會來化解爭端。）

👉 代表們認為開會可以解決問題，所以可用be going to來表達此事預計會發生。

例2 The real estate market of this region is bound to shrink.（此區的房地產勢必會萎縮。）

👉 說話者看衰此區的房市交易，所以可用be bound to來表達未來的成交情況會變差。

例3 There is to be a more comprehensive investigation of this phenomenon.（對此現象將有更全面性的調查。）

👉 比目前更完整的調查將於不久之後進行，所以可使用to be來表達此事即將發生。

例4 Hundreds of workers is about to lose their job.（數百名勞工將失去工作。）

☞ 許多勞工失業未來即將失業，所以可用**be about to**來表達此事很快就會發生。

❸ 以現在式代替未來式

當描述難以靠人力改變的未來事件（如天氣、排定的重大活動等）時，會以現在簡單式代替未來式（詳見本書Unit14）。

例 Today is Monday, and tomorrow is Tuesday.（今天星期一，明天星期二。）

☞ 在此句中星期二雖然是未來時間，但由於這樣的排序人力不可能去更動，所以可使用現在式代替未來式。

❹ 以現在進行式代替未來式

有關移動的動詞（如**come**、**leave**等），常以現在進行式來描述未來將發生的動作（詳見本書Unit 15）。

例 The typhoon is coming.（颱風要來了。）

☞ 颱風要之後才來，但由於**come**屬於與來去有關的動詞，所以可用現在進行式來代替未來式。

🎵 例句示範

熟悉未來式的概念後，接下來就看看例句示範，知道要怎麼應用喲！

1 I <u>will be</u> back tomorrow.

我明天會回來。

2 The buyer <u>shall</u> pay 30 percent as the deposit before shipment.

買方出貨前應先支付百分之三十的款項作為訂金。

3 It is cold now, so I <u>will put</u> on my jacket.

現在天氣很冷，所以我穿上外套。

4 It <u>will be</u> summer soon, and the weather will be hot.

夏天快到了，屆時天氣會很熱。

5 <u>There is to be</u> a large scale strike in this city.

這座城市接下來會有大規模的罷工。

6 The opening ceremony <u>is about to</u> begin.

開幕儀式即將展開。

特別提點

　　知道怎麼應用未來式後，以下特別列舉3個會被我們誤用的句子，要小心避開這些文法錯誤喲！

- It rains. I open my umbrella.（下雨了，我打開我的傘。）

  ☞ 因為是要表達臨時決定接下來怎麼做，所以應將open改為will open。

- The seller will ship the product within five days after the arrival of down payment.（賣家將會在付款後的五天內將貨物寄出。）

  ☞ 由於此句屬於法律用語，所以應將will改為shall。

- I am in Taipei next Monday.（我下禮拜一在台北。）

  ☞ 因為下星期一是未來的時間，所以應將am改為will be。

雅典娜的誕生
未來進行式

神話人物這麼說

因為雅典娜是從宙斯的腦裡出生的，所以她成了智慧的象徵。

Athena: I will be acting as the symbol of wisdom.

雅典娜：我會成為智慧的象徵。

圖解文法，一眼就懂

未來進行式除了表達某動作會於未來進行外，還可以用來表示猜測、已確定事項、禮貌性詢問、委婉拒絕等。如上句雅典娜說I will be，就是在表達她會成為智慧的象徵這個確定事項。

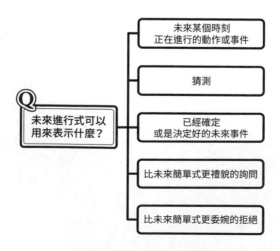

未來進行式可以用來表示什麼？
- 未來某個時刻正在進行的動作或事件
- 猜測
- 已經確定或是決定好的未來事件
- 比未來簡單式更禮貌的詢問
- 比未來簡單式更委婉的拒絕

文法概念解析

未來進行式的動詞形態為**will be Ving**。其作用大致有以下五種：

❶ 未來某個時刻正在進行的動作或事件

此種用法是四者中最為直觀的一種，句中通常會提及某個未來的時間（next week、tomorrow night等）。

例1 I will be acting as the symbol of wisdom.（我會成為智慧的象徵。）

☞ 雅典娜表示她將會成為智慧的象徵，使用未來進行式。

例2 This time next week, I will be hiking in the mountain to enjoy quiet atmosphere of the nature.（下星期的這時候，我將漫步在山林中享受大自然的靜謐。）

☞ 下星期是個未來的時間，所以可用未來進行式來表達在這個時刻說話者所會進行的動作。

❷ 猜測

當以未來進行式表猜測時，通常指的是無須經過刻意安排或事先企畫，某事就會依照其自然發展於未來發生，所以此用法中並未包含動作正在進行的意涵。

例 I will be seeing you again when the project comes to an end.（當專案結束時，我就會再見到你。）

☞ 依照正常發展，專案告一段落後說話者就會能與對方再次碰面，所以可使用未來進行式來表達說話者的猜測。

❸ 已經確定或是決定好的未來事件

當以未來進行式表已經確定或是決定好的未來事件時，與猜測用法同樣不包含動作進行的意涵，主要傳達的是某事人決定未來一定會這樣做，或是某事接下來一定會這樣進行。

例1 Brave decision. I will be supporting you, my buddy.（勇敢的決定！兄弟，我會支持你的。）

對於自己兄弟做出的決定，說話者對其表示肯定，所以可用未來進行式來表達接下來一定會給予支持。

例2 Next month the new CEO will be adjusting the workload of each team to improve the overall efficiency.（下個月新任執行長會對各團隊的工作量進行調整，以提升整體效率。）

新任執行長下個月一定會進行業務調整，所以可用未來進行式來表達此事發生的必然性。

❹ 比未來簡單式更禮貌的詢問

當在詢問某人的計畫安排時，若使用未來簡單式，除語氣上比較像是在要求，更隱約傳達出對方最好可以因為我們的詢問而改變已經做好的決定，但當使用未來進行式時，語氣相對和緩，目的僅是要知道對方的想法。

例 Jason, will you be riding your bike this night?（傑森你今晚有要騎你的單車嗎？）

☞ 說話者想知道傑森晚上的用車情況，但不想因為自己的詢問而使對方為難，所以可使用未來進行式來隱約傳達不借我也沒關係的意涵。

❺ 比未來簡單式更委婉的拒絕

當以未來簡單式表拒絕時，主觀因素較為強烈，因此當拒絕是源自於客觀因素（如：緊急任務、有約在先等）時，建議改用未來進行式表示，以便取得對方的諒解。

例 Sam will be Japan tomorrow night, so he won't come to Susan's farewell party.（山姆明晚人會在日本，所以不會參加蘇珊的惜別會。）

☞ 山姆是因為某種外在因素而不克前來參加活動，所以應以未來進行式表示此種無法於未來某時做某事的情況。

例句示範

熟悉未來進行式的概念後，接下來就看看例句示範，知道要怎麼應用喲！

1 This time next Friday I will be walking in the beach to enjoy the sunshine of the tropical island.

下週五的這時候，我將走在熱帶島嶼的沙灘上享受陽光。

2 Good decision. I will be supporting you.

很棒的決定，我會支持你。

I 搞懂字詞文法

II 建立時態觀念

III 學會基本句型

IV 躲開文法圈套

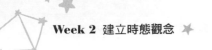

3 I <u>will be meeting</u> you again when I attend a regional expo next month.

當我下個月參加區域展覽時，就再與你碰面。

4 Next month, the new coach <u>will be adjusting</u> the training items.

下個月新教練會調整訓練菜單。

5 Mark, <u>will you be using</u> your heavy motor tonight?

馬克，你今晚有要騎你的重機嗎？

6 I <u>will be in San Francisco</u> for an important meeting next Friday.

我下週五會在舊金山參與一個重要會議。

特別提點

知道怎麼應用未來進行式後，以下特別列舉3個會被我們誤用的句子，要小心避開這些文法錯誤喲！

- The new section director will adjust the performance target to a more difficult level, so we had better work from now on.

（新來的主管將會把業績達標調整得更難，所以現在起我們最好好

好工作。）

👉 因為未來業績達標變困難無法避免，將will adjust改為will be adjusting更可凸顯此必然性。

- Smart decision. I will support you.（聰明選擇，我將會支持你。）

  👉 本句語法上並無錯誤，但較無法呈現說話者將來一定會這樣做的語氣，所以建議改為will be supporting。

- I will be in Bangkok next Tuesday, so I won't come to you birthday party.（我下星期二會在曼谷，所以我不會去你的生日派對。）

  👉 說話者是有原因的缺席對方的派對，所以應將won't come改為won't be coming。

雅典娜的性格
未來完成式

神話人物這麼說

雅典娜生性嫉惡如仇且賞罰分明。

Athena: By the time the people in Athens know the outcome of the voting, I will have decided what I should do for them.

雅典娜：雅典人知道投票結果時，我將已經決定好我該為他們做什麼。

圖解文法，一眼就懂

未來完成式的功用有三，一是說明在某未來動作發生前，另一動作或事件已經完成或發生，二是某動作在未來某特定時間前就以完成，三是到未來某一時間點時，某動作已經持續一段時間。如上句I will have decided，就是指在未來雅典人知道投票結果的那個時間點，雅典娜已經決定了要做什麼事。

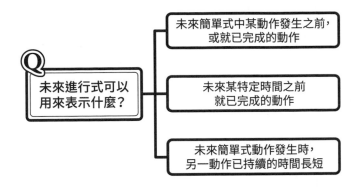

未來進行式可以
用來表示什麼？

Q

- 未來簡單式中某動作發生之前，
或就已完成的動作

- 未來某特定時間之前
就已完成的動作

- 未來簡單式動作發生時，
另一動作已持續的時間長短

文法概念解析

　　未來完成式，顧名思義代表某一動作或某一事件要到「未來」才會完成或發生。但值得注意的是，雖然時間點在未來，但其他未來式都相同，未來完成式當中用來表時間的副詞子句要用「現在簡單式」。未來完成式的動詞形態有兩種，一是 **will / shall have Vpp**，二是 **be going to have Vpp**，且兩者可以混用，語意並無太大差異，無需像未來簡單式那樣做出明顯區隔（詳見註）。請看以下整理：

❶ 未來簡單式中某動作發生之前或就已完成的動作

　　例1 By the time the people in Athens know the outcome of the voting, I will have decided what I should do for them.（雅典人知道投票結果時，我將已經決定好我該為他們做什麼。）

　　☞ 在雅典人知道投票結果之前，雅典娜就將已經決定要為他們做什麼，所以使用未來完成式表示。

例2 By the time my boss comes back to his office, I will have (be going to) finished the analysis report he needs. （我老闆回到辦公室的時候，我將已經完成他所需要的分析報告。）

☞ 說話者老闆回到辦公室是一個發生在未來的動作，而在此動作發生之前說話者也已完成分析報告的撰寫，所以應用未來完成式表示。

❷ 未來某特定時間之前就已完成的動作

例 I am going to (will) have finished the balance sheet by 17:30（下午五點半時我將已經完成損益分析表。）

☞ 在說話者說出此話時，下午五點半還是個未來時間，所以可用未來完成式表示損益平衡表會在這個時間實際來臨前完成。

❸ 未來簡單式動作發生時，另一動作已持續的時間長短

例 By the time I attend a seasonal meeting, I am going to (will) have worked in this company for ten years.（到我參與季會議時，我將已經在這間公司工作十年了。）

☞ 說話者說出此話時，季會尚未舉行，所以可用未來完成式來表示開季會時說話者在此公司工作已滿十年。

註：在未來簡單式中，**will**與**be going to**雖然都可描述事情即將發生，若探討其依據為何，兩者的差異其實很大，以下透過表格針對兩者「與現在的關聯性」與「目的」進一步說明舉例說明：

助動詞類別	與現在的關聯性	目的
will	與現在無關	根據過去經驗，以自身主觀意識進行「猜測」
be going to	與現在有關	1. 強調當前的意圖 2. 透過外在證據的加以「推斷」

範例比較

例1 Watch out! You are going to fall down.（小心！你快跌倒了！）

☞ 説話者觀察到外在環境讓對方有跌倒的可能。

例2 Watch out! You will fall down.（小心！你可能會跌倒！）

☞ 説話者根據自己的主觀意識提醒對方。

 例句示範

　　熟悉未來完成式的概念後，接下來就看看例句示範，知道要怎麼應用喲！

1 Before the time I move to New York, I <u>will have learned</u> enough English.

在我搬去紐約前，我將學會夠我進行溝通的英文。

2 By the time my mom gets home, I <u>am going to have finished</u> the painting of the fence.

我媽回家時，我將已經完成籬笆的粉刷。

3 I <u>am not going to have finished</u> my breakfast by 7:30

七點半前我將不會吃完我的早餐。

4 I <u>am going to have aligned</u> all the parameters by 20:30

晚上八點半時，我將校正完所有參數。

5 By the time I leave, I <u>am going to have lived</u> in this apartment for 5 years.

到我離開時，我就將在這間公寓住滿五年了。

6 By May, I <u>am going to have lived</u> in Chicago for two years.

到了五月，我就將在芝加哥住滿兩年了。

特別提點

知道怎麼應用未來完成式後，以下特別列舉3個會被我們誤用的句子，要小心避開這些文法錯誤喲！

- I am going to have fixed all the damaged machines after night.（我會在晚上修理這些壞掉的機器。）

  ☞ 由於是在描述在未來某個時間點前將完成的動作，所以需將after改為before或by。

- By the time I get my master's degree, I will live in London for two years.（在我拿到碩士學位之前，我將會住在倫敦兩年。）

  ☞ 由於說話者在倫敦的居住的時間是從就學到到畢業，所以應將will live改為will have lived。

- Before my boss has left, I will have finished this report.（在我老闆離開前，我要完成這個報告。）

  ☞ 由於是要表達報告的撰寫將於老闆離開前完成，所以應將has left改為leaves。

WEEK III

搞懂字詞文法

MON	TUE	WED	THUR	FRI	SAT	SUN
1 直述句	3 祈使句	5 子句	7 倒裝句	9 附加 問句	REVIEW	TAKE A BREAK
2 疑問句	4 感嘆句	6 被動 語態	8 假設 語氣	10 強調 語氣		

按照學習進度表，練等星星數，成為滿分文法大神！

★ **Unit 1-4** 入門句型小菜鳥

★★ **Unit 5-6** 基礎句型小鬼才

★★★ **Unit 7-10** 英文句型小神人

雅典娜的職責
直述句

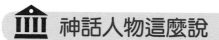

🏛 神話人物這麼說

雅典娜是手工藝與智慧女神。

Athena: I am the goodness of wisdom who is good at weaving and playing musical instrument.

雅典娜：我是擅長編織與吹奏樂器的智慧女神。

🛡 圖解文法，一眼就懂

直述句分為單單使用「動詞」或「助動詞+動詞」的肯定直述，或加上not、never、或其他否定詞的否定直述，與加上do的強調直述。如上句I am the goodness，就是單單使用動詞的肯定直述句。

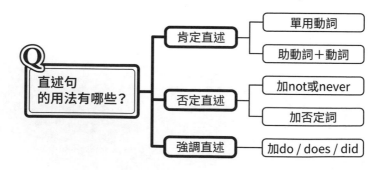

文法概念解析

在英文中，動詞的語氣可以表現出寫作或是說話者對於所表達內容的態度。當說話者只客觀描述事實不加入個人看法時，這樣的句型就是直敘句。而所謂的陳述事實又可再細分為肯定直述、否定直述與強調直述。

肯定直述

肯定直述句依照動詞形態與使用助動詞與否又可在細分如下：

❶ **動詞**

英文的動詞分為一般動詞（如feel、hear等）與be動詞（am、are、is等）。

例1 I am the goodness of wisdom.（我是智慧女神。）

👉 am是be動詞，陳述雅典娜是智慧女神這個事實。

例2 I hear the strange noise.（我聽到奇怪的聲響。）

👉 hear屬於一般動詞，可用於陳述察覺到有聲音產生的事實。

❷ **助動詞+動詞（詳見本書Unit 14）**

肯定陳述中會使用到的助動詞加動詞的組合共有一下三種：

1 be動詞+ Ving

當be動詞做助動詞用且其後接動名詞時，所形成的進行式用法可用於描述事實。

例 Liz is crying.（莉茲正在哭。）

👉 進行式(be Ving)為be動詞的其中一種型態，可用來陳述某人正在進行某動作的事實。

2 情態助動詞+原形動詞

情態助動詞有can、will、would、could、should、might 等，其後接原形動詞，兩者連用可用於描述能力、可能性、准許 等事實。

例 You can use this pen.（你可以使用這隻筆。）

☞ 當情態助動詞can後接原形動詞時，可描述某人是否有權使 用某物的事實。

3 have / has / had +Vpp

當助動詞have / has / had與過去分詞(Vpp)連用時，即形成完 成式用法，可用來描述某事或某動作已經完成的事實。

例 I have lived in Taipei for ten years.（我已經在台北住十 年了。）

☞ have lived為完成式，可用於描述說話者已經在某地居住多 久時間的事實。

否定直述

表達否定直述的兩種，以下進一步舉例說明：

❶ 助動詞後加上not或never

當助動詞後出現not或never，語氣上就可由肯定轉為否定。

例1 I would never reveal this secret to anyone.（我不會把這 個秘密告訴任何人。）

☞ 當在助動詞would後加上never時，此句就可用來陳述某人絕 對不會做某事的事實。

例2 He says that it doesn't snow in New York today.（他說紐約今天沒下雪。）

☞ 當助動詞 does 與 not 連用，可形成否定，用於陳述某事沒有發生的事實。

❷ 使用否定詞

英文中有些詞語本身就具有否定意涵，如 hardly、nobody 等，若將此類用詞用於直述句中可表否定之意。

例 Nobody knows this guy.（沒人認識這個人。）

☞ 由於 nobody 為否定詞，因此即使句中沒有 not 或 never，同樣可以陳述沒人知道這個人是誰的事實。

強調直述

除肯定與否定外，強調也屬於直述的範疇，其用法是在一般動詞加上 do、does、did 來凸顯動作或是狀態的真實性。

例 I do pass the exam.（我真的通過考試了。）

☞ 當在一般動詞 pass 前加上 do，可用於強調說話者的確有通過考試。

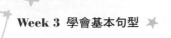 例句示範

　　熟悉直述句的概念後，接下來就看看例句示範，知道要怎麼應用喲！

1 Lisa is a nurse.

麗莎是名護士。

2 Jason opens the door.

傑森開了門。

3 Kevin would never betray his friends.

凱文永遠不會背叛朋友。

4 My older brother says that Seattle doesn't rain today.

我哥説今天西雅圖沒下雨。

5 Marc has a strong Russian accent, so I can hardly understand his English.

馬克有很重的俄羅斯口音，所以我聽不懂他講的英文。

6 He does have the right to review this document.

他的確有權檢視此文件。

特別提點

知道怎麼應用直述句後，以下特別列舉**3**個會被我們誤用的句子，要小心避開這些文法錯誤喲！

- Tom teasing Helen.（湯姆嘲笑海倫。）

  ☞ 由於是在描述動作的進行，所以應在**teasing**前加上**be**動詞 **is**。

- I lived in New York for ten years.（我在紐約住了十年。）

  ☞ 由於是在描述已於某地居住一段時間的事實，所以動詞應改為 have lived。

- Nobody doesn't know this guy, so he feels like a stranger here.（沒人認識這個人，所以他覺得自己在這完全是個陌生人。）

  ☞ nobody加上doesn't形成雙重否定，與其後子句邏輯上矛盾，所以需將doesn't去掉。

雅典娜與海神波賽頓爭奪雅典城
疑問句

雅典娜和波賽頓爭奪雅典城，經由宙斯的仲裁，雅典城最後交由雅典娜來守護。

Athena: Poseidon gives you horses and I give you olive trees. <u>Now I want you to tell me who you want to be your protector.</u>

雅典娜：波賽頓給你們駿馬，而我給你們橄欖樹。現在我要你們告訴我你們希望誰當你們的守護神。

圖解文法，一眼就懂

疑問句的主要目的就是提出質疑或詢問，其類型有一般疑問句、否定疑問句、wh-疑問句、附加疑問句與間接疑問句。如上句who you want to be your protector，即是wh-疑問句。

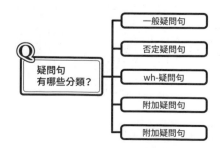

文法概念解析

疑問句的主要目的就是提出質疑或詢問，句尾的標點符號經常為問號。

一般疑問句

一般疑問句需以**yes**或**no**來回答，其結構有以下三種：

❶ be動詞+主詞+主詞補語

當一個句子的主要動詞為**be**動詞，將其前移至主詞前即可形成疑問句。

例 Are Amy and you twins?（你和艾咪是雙胞胎嗎？）

☞ 此句為以**be**動詞為動詞的直述句，將其前移至主詞前即形成一般疑問句。

❷ do / does / did+主詞+原形動詞

當句中沒有**be**動詞或助動詞，若要形成疑問句，句首要加上**do / does / did**。

例 Do you like this movie?（你喜歡這部電影嗎？）

☞ 直述句**You like movie**中沒有助動詞也沒**be**動詞，所以須加上**do**，方可形成疑問句。

❸ 一般助動詞／情態助動詞+主詞+主要動詞（原形、現在分詞、過去分詞）

當句中原本就有一般助動詞或情態助動詞時，將其前移至主詞前後，保留主要動詞原本的形態，即形成一般疑問句。

例1 Can you finish the analysis today?（你今天可以完成分析嗎？）

☞ you can finish the analysis today為肯定句，can前移後即形成疑問句。

例2 Have the general secretary left?（秘書長已經離開了嗎？）

☞ 此句有過去分詞have left，將have移至句首，方可形成疑問句。

否定疑問句

當在一般疑問句的be動詞或助動詞前加上not或否定詞，即形成否定疑問句，可用來提出建議、批評或是確認事情的真實性。

❶ 主詞+助動詞／be動詞 not+主詞+主詞補語（較正式）

例 Are not you hungry?（你不餓嗎？）

☞ Are you hungry為一般疑問句，在are之後加上not即形成否定疑問句，可用來再次確認對方是否餓了。

❷ 主詞+助動詞／be動詞n' t+主詞+主詞補語（較口語）

例 Aren't you hungry?（你不餓嗎？）

☞ 此句與上例的差別在於將are not縮寫為aren't，所以在語氣上較口語，使用頻率也較高。

❸ 主詞+助動詞／be動詞+否定詞+主詞+主詞補語

例 Why you never wear this watch?（為何你從來不帶這只手錶？）

☞ 此疑問句雖無**not**，但**never**屬於否定詞，所以仍屬否定疑問句。

Wh-疑問句

Wh-疑問句指的是疑問詞來提問的疑問句。

❶ 疑問詞（主詞）+述語動詞

例1 Who reveal this secret to him?（是誰跟他洩密？）

☞ 此疑問句以疑問詞**who**為主詞，所以主詞與動詞語序不倒裝。

❷ 疑問詞（受詞）+助動詞+主詞+原形動詞

例 What do you want from us?（你想從我們這邊得到什麼？）

☞ 此疑問句以疑問詞**what**做受詞，所以須加上助動詞**do**。

❸ 疑問詞+主詞+動詞（疑問句中有從屬子句時使用）

例 How much money do you think I should pay for this product?（你覺得這樣的產品值多少錢？）

☞ I should pay... 為疑問句中的從屬子句，所以主詞要在動詞前。

間接疑問句

間接疑問句是將疑問句以引述的方式呈現，所以助動詞不放在主詞前，也不必加入**do / does / did**，句尾也沒有問號，但須將語序改為直敘句。

例 Now I want you to tell me who you want to be your protector.（現在我要你們告訴我你們希望誰當你們的守護神。）

☞ 按照直接疑問句句構，應該要是**who do you want to be**，但因為此句是引述，所以應改為**who you want to be**。

註：附加疑問句（詳見本書Unit 30）

例句示範

熟悉疑問句的概念後，接下來就看看例句示範，知道要怎麼應用喲！

1 Do you eat fish?

你吃魚嗎？

2 Are you thirsty now?

你口渴嗎？゛

3 Aren't you feeling offended?

你沒有覺得被冒犯嗎？

4 Who shares this news to you?

誰告訴你這個消息的？

5 Please tell me what your next step is.

請告訴我你接下來打算怎麼做。

6 Hank, you don't eat pork, <u>do you</u>?

漢克，你不吃豬肉，對不對？

特別提點

知道怎麼應用疑問句後，以下特別列舉3個會被我們誤用的句子，要小心避開這些文法錯誤喲！

- What kind of help you need?（你需要什麼幫助？）

  ☞ 此疑問句以疑問詞**what**做受詞，所以須在**you**前加上助動詞**do**。

- Please show me what is your new idea.（請向我展示你的點子。）

  ☞ 由於是間接問句，**what**所引導的部分的語敘應為**what your idea is**。

- Chris, you drink tea, do you?（克里斯，你喝茶，對嗎？）

  ☞ 由於是要表達「是這樣對吧」的氛圍，所以附加問句應改為否定的**don't you**。

Unit 03

梅杜莎誘使海神波賽頓水淹雅典城
祈使句

🏛 神話人物這麼說

波賽頓因梅杜莎的挑撥而水淹雅典城。

Medusa: <u>Let the residents in Athens know</u> they have made a wrong decision!

梅杜莎：讓雅典城的居民知道他們做了個錯誤的決定！

🗿 圖解文法，一眼就懂

祈使句的動詞要使用原形動詞，其功用是提出命令、建議、指示、鼓勵、祝賀等等。如上句**Let the resident... know**，讓居民…知道，就是祈使句的用法。

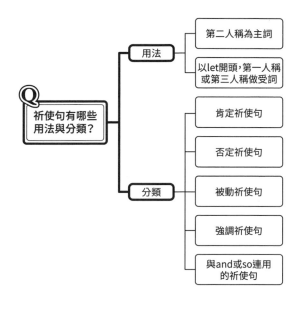

文法概念解析

　　祈使顧名思義就是希望對方依照說話者的想法加以行事，所以可用來表達命令、建議、指示、勸告等。祈使句的動詞為原形動詞，根據所要求對象的不同，可以分為以下兩種：

❶ 第二人稱為主詞

所有非let開頭的祈使句，主詞都是you（其單複數需靠上下文判斷），除表警告外，否則現代英語中習慣會將其省略。但如有指名道姓的需求，還是可以在句首或是句尾加上名詞或代名詞。

例 Sit down between Mark and David, please.（請坐在馬克與大衛中間的位置。）

👉 根據上下文，可以判斷這樣的位置只有一個，所以此句中被省略的**you**應為單數。

❷ 以let開頭，第一人稱或第三人稱做受詞

在祈使句中，當要要求對方讓「自己」或是「與自己共同行動的某一群人」做某事時，依序會以**let me...** 與**let us**（亦可縮寫為**let's**）表示。

例 Let the residents in Athens know they have made a wrong decision!（讓雅典城的居民知道他們做了個錯誤的決定！）

👉 「讓雅典居民們知道」，以第三人稱做受詞。

肯定祈使句

若從祈使句表要求對方的邏輯去思考，肯定祈使句就是要求對方「去做某事」。

例 Stop here for few seconds.（暫停一下。）

👉 說話者說出此話是希望對方依自己的指示暫停當前動作，所以屬於肯定祈使句。

否定祈使句

若從祈使句表要求對方的邏輯去思考，否定祈使句就是要求對方「不要去做某事」，所以會於句首加上**do not (don't)**或**never**。

👉 例：**Don't drink or eat here.**（此處禁止飲食。）

說話者說出此話是希望對方依自己的指示不要吃東西或喝東西，所以屬於否定祈使句。

被動祈使句

　　同樣從祈使句表要求對方的邏輯出發，當所要求之事需要「透過安排」才能完成時，就會使用到被動祈使句，其句型為get + 受詞 + 過去分詞。

例 Get your hair cut before you go to the interview.（去面試前，先去剪頭髮。）

☞ 髮型要靠修剪才會改變，所以應使用被動祈使句來表達說話者希望對方求職前先去整理儀容。

與and或or連用的祈使句

　　當祈使句之後加上由連接詞and或or所引導的子句，其語意接近由if所引導的條件句。以下透過表格進一步說明：

句型結構	中譯	意涵
祈使句 + or + 子句	如果不做…，就會…	否定條件
祈使句 + and + 子句	如果做，就會…	肯定條件

例 Freeze, or I will knock you down.（別動，否則我會把你撂倒。）

☞ 說話者要對方別輕舉妄動，當對方不照做，就會出手壓制，所以應使用or來連接祈使句與子句。

 例句示範

　　熟悉祈使句的概念後，接下來就看看例句示範，知道要怎麼應用喲！

❶ Choose a seat to sit down.

　　選個位置坐下吧！

❷ Let me explain the reason behind to you.

　　讓我跟您解釋箇中原委。

❸ Get your hair cut before the interview.

　　面試前先去剪頭髮。

❹ Shut up, or I will punch you.

　　閉嘴，否則我會揍你。

❺ Do give him another chance.

　　請再給他一次機會。

❻ Give me few seconds, and I will surprise you.

　　給我幾秒鐘，我會讓你驚喜。

特別提點

　　知道怎麼應用祈使句後，以下特別列舉**3**個會被我們誤用的句子，要小心避開這些文法錯誤喲！

- **Tell you what's going on.**（讓我告訴你發生什麼事。）

　👉 由於受詞是第三人稱，所以應於句首加上**Let me**。

- **Identify yourself, and I will use force.**（表明你的身分，不然我就使用武力了。）

　👉 表明身分代表願意配合，所以連接詞應改為**or**。

- **Cut your hair cut before presentation tomorrow.**（明天報告前先去剪頭髮。）

　👉 頭髮是被修剪的，所以此句應修正為**Get your hair cut...**。

雅典娜對梅杜莎的懲罰
感嘆句

神話人物這麼說

梅杜莎被變為蛇髮妖，肇因於她對雅典娜的不敬。

Athena: <u>Medusa, you are such an arrogant woman!</u> I will make you become an ugly monster with living snakes in your hair.

雅典娜：梅杜莎你這個自大的女人！我要把你變成醜陋的蛇髮怪物。

圖解文法，一眼就懂

感嘆句的目的是對於事實表達強烈情緒，可透過加入what、how、so、such與否定疑問句的方式來表現，並常以驚嘆號！結尾。如上句的Medusa, you are such an arrogant woman!，就是感嘆句。

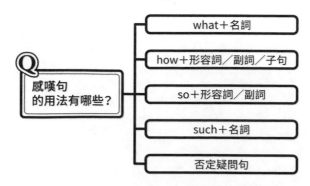

文法概念解析

　　感嘆句指的是對於某一事實明確表現出喜怒哀樂等情緒，並經常以驚嘆號結尾。

what +名詞

　　當以**what**表感嘆時，根據名詞可數與否以及單複數，可在細分成以下兩種句型：

❶ what + a / an +（形容詞）+ 單數可數名詞 + 主詞 + 動詞

例 What a fool I was to believe his nonsense.（我真的是個蠢蛋，居然會聽信他的一派胡言。）

👉 蠢蛋是可數名詞，所以可用**what an fool I was...** 來表達不察對方的謊言，而感到懊悔。

❷ what +（形容詞）+ 不可數名詞／複數名詞 + 主詞 + 動詞

例 What good news.（真是個好消息。）

👉 news為不可數名詞，所以可使用**what good news**來表達對於此消息的驚訝。

　　除於其後加上名詞外，若將受詞前移至主詞與動詞之前，形成 what + 受詞 +主詞 +動詞的句型時，同樣可表感嘆。

例 What an aggressive attitude Jasper has in this project.（賈斯柏對此專案的態度真積極！）

👉 做為受詞，**an aggressive attitude**原本應在has之後，將其前移至主詞Jasper前與what連用，方可形成感嘆句。

how+形容詞／副詞／子句

　　how做為程度副詞，以之修飾形容詞與副詞非常直觀，針對修飾子句部分，只要將其視為how +主詞+動詞的句法，就相對容易理解。

例1 How fast Lisa runs in this soccer match!（麗莎在這場足球賽中跑的還真快啊！）

👉 fast是副詞，所以可將其與how連用形成感嘆句。

例2 How cold it is today!（今天天氣來真冷啊！）

👉 cold是形容詞，所以可將其how連用形成感嘆句。

例3 How I want to join this activity!（我好想參加這個活動啊！）

　　I want to... 是子句，所以可將其與how連用形成感嘆句。

so + 形容詞／副詞

　　so是程度副詞，將其與形容詞或副詞連用，可形成感嘆句。

例1 James is so handsome!（詹姆士真帥！）

👉 handsome是形容詞，與so連用可以形成感嘆句。

例2 Peter sang so well in the concert last night!（昨晚音樂會彼得唱得太棒了！）

👉 well是副詞，與so連用可以形成感嘆句。

such + 名詞

　　such是形容詞，與其前已經有形容詞修飾的名詞連用可形成感嘆句。根據名詞的可數與否和單複數，可細分成以下兩種句型：

❶ Such + a / an +（形容詞）+ 可數單數名詞

　例1 Medusa, you are such an arrogant woman!（梅杜莎你這個自大的女人！）

　👉 woman是可數名詞，arrogant為母音開頭的單字，所以要用such an來形成感嘆句。

　例2 Hank is such a smart guy!（漢克真是個聰明的人！）

　👉 guy是可數名詞，因此可與such a連用形成感嘆句。

❷ Such +（形容詞）+ 複數名詞／不可數名詞

　例 You cause such chaos!（你真的把事情搞得一團亂！）

　👉 chaos為不可數名詞，與such連用可形成感嘆句。

否定疑問句

　　由於否定疑問句的作用之一是表達驚訝，所以也可作為感嘆句。

　例 Isn't it a delicate art piece!（這真是件精緻的藝術品啊！）

　👉 此句雖然在形式上為否定疑問句，但由於同時也表現出說話者對於物品的感受，所以也是感嘆句。

 **例句示範**

　　熟悉感嘆句的概念後，接下來就看看例句示範，知道要怎麼應用喲！

1 What bad news to me!

對我來說真是個壞消息！

2 What a fool I am to believe this cunning guy.

我真是個蠢蛋，居然相信這個狡猾的人。

3 How dizzy I am now!

我現在頭真的好暈！

4 This T-shirt is so cool.

這件T恤真酷。

5 Liz is such a beautiful girl！

莉茲真是個漂亮的女孩！

6 Isn't it an eye-catching design!

這真是個吸睛的設計啊！

特別提點

　　知道怎麼應用感嘆句後，以下特別列舉3個會被我們誤用的句子，要小心避開這些文法錯誤唷！

- What a careless person am I to leave my credit card at home!（我真粗心，居然把信用卡留在家裡！）
  👉 感嘆句不用倒裝，所以應將am I改為I am。

- You are a such smart guy.（你真是個聰明的人。）
  👉 當以such表感嘆時，冠詞a應置於such之後，為such a smart guy。

- Is it a well-designed device!（這真是個設計良好的裝置！）
  👉 否定疑問句才可兼感嘆句使用，所以應將is改為isn't，為Isn't it。

佩羅修斯砍下梅杜莎的頭
子句

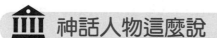

🏛 神話人物這麼說

佩羅修斯能成功斬殺梅杜莎，有賴其兄長的協助。

Perseus: I am the one who cut Medusa's head.

佩羅修斯：我是砍掉梅杜莎頭顱的那個人。

🗿 圖解文法，一眼就懂

英文中的子句分兩種，一為完整子句，二為不完整子句。不完整子句又可再細分為副詞子句、形容詞子句與名詞子句。如上句接在the one後面的who cut Medusa's head，就是形容詞子句。

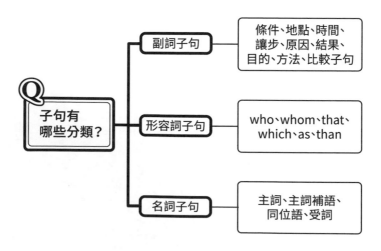

文法概念解析

在英文中，一群有相關的字詞中，若包含主詞與動詞，就可稱為子句。能夠獨立存在的稱為「獨立子句」，從其語意面來看，可稱做「完整子句」或是「主要子句」。反之，若需依附在主要子句底下才能存在的就稱為「不獨立子句」，也可將其成稱為「不完整子句」或「從屬子句」。

形容詞子句

形容詞子句是由wh-所引導，故又稱為關係子句。

❶ who / whom（指人，前者作主詞用，後者做受詞用）

例 The man who wears a white T-shirt is my father.（穿白T恤的男士是我爸。）

👉 The man為先行詞，who所引導的子句可為其修飾語。

❷ which（指物）

例 The basketball shoes which I bought yesterday is good.（我昨天買的那雙籃球鞋很棒。）

👉 basketball shoes是先行詞，which所引導的子句可為其修飾語。

❸ that（人或物皆可）

例 Please borrow me the shoes that are suitable for hiking.（請借我一雙適合健行的鞋子。）

👉 the shoes是先行詞，that所引導的子句可為其修飾語。

副詞子句

　　當由從屬連接詞所引導的子句可以修飾主要子句時，這樣的子句就稱為副詞子句。

❶ **表條件**｜由if、as long as、unless、provided等所引導

例 Sam won't pass the final exam unless he starts to work hard now.（除非山姆現在開始努力用功，否則他期末考不會及格。）

☞ 努力用功時通過考試的條件，所以其前有**unless**做引導。

❷ **表地點**｜由where或wherever所引導

例 I suggest him move to the place where the lighting is good.（我建議他搬到採光較好的地方居住。）

☞ where所引導的字句可補充說話者建議地點的特性。

❸ **表時間**｜由when、while、before、after等所引導

例 Sam called me when I was cooking my lunch.（我在煮午餐時山姆打電話找我。）

☞ where所引導的字句可補充說話者進行某動作時的時空背景。

❹ **表讓步**｜由although、even though、while、whether等所引導

例 Although the price is high, the food here is delicious.（這邊的食物雖然價格高，但很美味。）

☞ although所引導的字句可補充說明於此餐廳享用美食所需做出的妥協就是多付點錢。

❺ 表原因 | 由because、as、since、in case等所引導

例 Because he was sick, David could not join our party.（大衛生病了，所以他無法參加我們的派對。）

☞ because所引導的子句說明大衛缺席活動的原因。

❻ 表結果 | 由so... that... 或such... that... 所引導

例 I was so tired that I overslept and missed the bus this morning.（我太累了，以至於今天早上睡過頭錯過公車。）

☞ 由that所引導的子句有副詞的效果，可說明睡過頭所產生的後果。

❼ 表目的 | 以so、so that等所引導

例 I am analyzing the pros and cons of this method so that you can decide what to do next.（我要跟你分析這個方法的優缺點，好讓你決定接下來該怎麼做。）

☞ so that所引導子句有副詞的效果，可用來表達主要子句的目的。

❽ 表方法 | 以as、as if、just like in the way等所引導

例 Please do as you are told.（請依照你被告知的那樣做。）

☞ as所引導的子句可表達說話者所應依循的做事方法。

❾ 表比較 | 以as... as... 或than所引導

例 You are taller than I think.（你比我想像中的還高。）

☞ 由than所引導的子句可表達見面前後感受的差異。

名詞子句

　　從屬連接詞、關係代名詞、疑問詞所引導的名詞字句可以做為主要子句的主詞、主詞補語、同位語、受詞時，即為名詞子句。

例 The car with automatic driving system has attracted many potential buyers' attention. （搭載自動駕駛系統的車款已經吸引許多潛在車主的注意。）

☞ The car with the automatic driving system為名詞片語，可作為句子的主詞。

🎵 例句示範

　　熟悉子句的概念後，接下來就看看例句示範，知道要怎麼應用喲！

1 If you start to write the report now, you will have enough time for grammar checking.

如果你現在開始寫報告的話，你就有足夠的時間去檢查有無文法錯誤。

2 You are way more beautiful than I think.

你比我想像中的還更漂亮許多。

3 The pizza which you bought last Monday was delicious.

你上星期一買的那個比薩很好吃。

4 The girl <u>who wears</u> a mini skirt is my younger sister.

穿著迷你裙的女生是我妹。

5 Our decision is to return <u>those parts</u> to the producer.

我們的決定是將這些零件退回給生產者。

6 I know <u>you are</u> the vocal of the famous band.

我知道你是知名樂團的主唱。

特別提點

　　知道怎麼應用子句後，以下特別列舉2個會被我們誤用的句子，要小心避開這些文法錯誤喲！

- The man which wears a leather jacket is my uncle.（穿皮夾克的男人是我叔叔。）

  👉 先行詞為人時，關係代名詞應使用**who**或**that**。

- This Mr. Brown, who I work with for long.（這是我為他工作一段時間的布朗先生。）

  👉 由於**Mr. Brown**為受詞，所以此處的關係代名詞應改為**whom**。

Unit 06

宙斯與樂朵的情史

被動語態

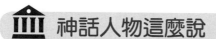

🏛 神話人物這麼說

宙斯害怕妻子赫拉追究，而將已懷孕的樂朵拋棄。

Leto: Though I had Zeus' baby, <u>I was still abandoned.</u>

樂朵：雖然我懷了宙斯的孩子，但我仍被拋棄。

🛡 圖解文法，一眼就懂

英文的語態分為主動與被動，被動語態的描述重點在「行為」或「動作」上，動作的執行者相對比較重要。如上句，樂朵說 I was abandoned，就在強調她被拋棄了的這個行為。

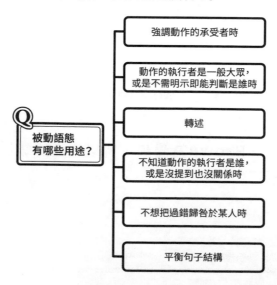

強調動作的承受者時

動作的執行者是一般大眾，或是不需明示即能判斷是誰時

轉述

Q 被動語態有哪些用途？

不知道動作的執行者是誰，或是沒提到也沒關係時

不想把過錯歸咎於某人時

平衡句子結構

文法概念解析

英文的語態分為主動與被動，當使用被動語態時，在符合一般英文使用習慣前提下，其描述的重點會放在「行為」或是「動作」上，至於誰是動作的執行者，相對比較不重要。其動詞形態為be動詞（ is、am、are、was、were、 has been等）+ 主要動詞的過去分詞。也因為強調受詞，因此「非及物動詞」沒有被動語態。

❶ 強調動作的承受者時

例1 I was still abandoned.（我仍被拋棄。）

☞ 樂朵承受被拋棄的苦果。

例2 Mr. James was robbed last night.（詹姆士先生昨晚被搶劫了。）

☞ 強調詹姆士承受搶劫苦果的那一方。

❷ 動作的執行者是一般大眾，或是不需明示即能判斷是誰時

例1 The landmark can be seen from a far distance.（遠遠就能看見這個地標。）

☞ 高大建築物人人都能看的見，所以應以被動語態表示為宜。

例2 Kelly is being treated at the emergency room.（凱莉正在急診室接受治療。）

☞ 無需特別說明，我們就可判斷出給與凱莉治療的是醫生，所以此句應以被動語態表示為宜。

❸ 轉述

被動語態中可表轉述的句型有以下兩種：

1 it is / has been +過去分詞+ that + 子句

常用於此句型的動詞有：know、show、expect、estimate、believe等。

例 It is estimated that this book has sold more the ten million volumes.（據估計，此書已售出超過一千萬冊。）

☞　對銷售量，已有人做出估計，說話者只是加以轉述，所以應使用it is Vpp that... 的句型。

2 it is / has been +過去分詞+ to V

常用於此句型的動詞有：decide、agree、forbid、plan等。

例 It has been forbidden to use flash in this exhibition.（本展覽禁止使用閃光燈。）

☞　規定是由主辦單位制定，說話者只是轉述，所以應使用it is Vpp to V的句型。

❹ 不知道動作的執行者是誰，或是沒提到也沒關係時

例1 The new high way is going to be finished next year.（新的高速公路明年將完成修築。）

☞　修築公路是由許多人一起完成，未特別提出動作的行為者是誰，對於語意的理解幾乎沒有影響。

❺ 不想把過錯歸咎於某人時

在釐清責任歸屬時，主動語態譴責某人的意味濃厚，因此若僅要表達某事出了紕漏，可改用被動語態。

例 "The document isn't categorized well", says Mark.（馬克說：「檔案沒有分類好。」）

☞ 此句目的是強調事情沒做好，而沒指名道姓譴責，所以使用被動語態。

❻ 平衡句子結構

當一個句子的主詞含有很長的修飾語，若採用主動語態，就會出現主詞很長，但動詞與受詞卻很短的情況，為了使句構看起來自然，一般習慣其改為被動語態。

例 I was surprised by Mark's decision to end his business and move to Korea.（對於馬克決定結束事業搬去韓國，我深感驚訝。）

☞ 此句若採主動語態，主詞Mark's decision to end his business and move to Korea分量過重，句子顯得頭重腳輕，所以建議改為被動語態。

 例句示範

　　熟悉被動語態的概念後，接下來就看看例句示範，知道要怎麼應用嘍！

1 The rich businessman <u>was kidnapped</u> last night.
那名富商昨晚被綁架了。

2 "The reference <u>is not correctly sorted</u>" says Jim.
吉姆說：「參考資料未正確分類。」

3 Sam <u>is being treated</u> in the operating room.
山姆正在手術室接受開刀治療。

4 The new library <u>is going to be finished</u> next Monday.
新圖書館下週一即將完工。

5 <u>It is banned</u> to use camera in this exhibition.
本展覽禁止攝影。

6 <u>I was surprised</u> by Mary's decision to sell her car and ride a bike instead.
瑪莉決定把車賣掉改騎單車，讓我非常驚訝。

特別提點

知道怎麼應用被動語態後，以下特別列舉3個會被我們誤用的句子，要小心避開這些文法錯誤喲！

- **The cake is eaten by Mary.**（蛋糕被瑪莉吃掉了。）

  ☞ 此句雖然在文法上合理，但有違一般使用習慣，所以應改為主動語態的**Mary eats the cake.**

- **Jerry is thought to be geeky by me.**（我覺得傑瑞很土氣。）

  ☞ 此句同樣是文法上合理，但不符合一般使用習慣，應改為**I think Jerry is geeky.**

- **David's choice to give up the succession surprises me.**（大衛決定放棄繼承讓我很吃驚。）

  ☞ 此句的主詞過長，改為**I was surprised by David's...** 在結構上較為平衡。

Unit 07

阿波羅與阿蒂蜜絲孿生兄妹的誕生
倒裝句

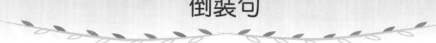

🏛 神話人物這麼說

樂朵在提洛島生下阿波羅與阿蒂蜜絲

Leto: <u>In Island Delos bore my son</u>, Apollo, and daughter, Artemis.

樂朵：我在提洛島生下我的兒子阿波羅與女兒阿蒂蜜絲。

🗿 圖解文法，一眼就懂

倒裝分為完全倒裝與部分倒裝，其功用有二，一是符合句子結構需求，二是表達強調之意。如上句bore my son... and daughter...，就是倒裝句。

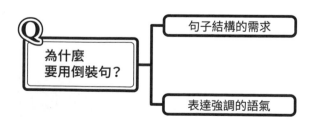

📖 文法概念解析

　　英文的基本結構是主詞加上述語，若將這樣的順序顛倒，就是「完全倒裝」。若只是將助動詞移至主詞前，則為「部分倒裝」。

句子結構需求

　　在英文中，當使用以下句型時，需進行倒裝：

❶ 疑問句

　　例 Do you eat beef?（你吃牛肉嗎？）

　　☞ You eat beef中沒有be動詞或是助動詞，若要形成疑問句，需於句首加上do，形成部分倒裝。

❷ there be...

　　此句型雖以there開頭，但真正的主詞位於be動詞之後，所以此句型也屬於倒裝句的一種。

　　例 There are more than ten restaurants in this district.（此區有超過十間餐廳。）

　　☞ 此句的主詞為ten restaurants，there與be動詞形成部分倒裝。

❸ 直接引語

　　當將引語置句首時，其結構採主述或倒裝皆可。

　　例 "I will always support you" says Mandy.（曼蒂說：「我會永遠支持你！」）

　　☞ 由於句首為曼蒂話語的內容，其後可以倒裝為says Mandy。

❹ so、neither、nor置句首

例 I don't trust you, nor does Leo.（我不信任你，里歐也不信任你。）

☞ 由於nor位於子句的句首，所以其結構需倒裝為does Leo。

❺ here、there等地方副詞置句首，且主詞為名詞（完全倒裝）

例 Here comes my best friend.（我的好友來了。）

☞ 此句以地方副詞here開頭，所以其後應將動詞come移至主詞 my best friend前形成倒裝。

❻ 增加表條件或讓步子句的文采

例 Had Helen been in the class last Monday, I would have met her.（如果海倫上週一有來上課的話，我就會見到她了。）

☞ 由於是要強調如果當時有來時，所以選擇去掉if並將had移至句首。

表達強調之意

　　為表強調，英文中若將下列字詞或片語置於句首時，句子需要倒裝：

❶ 表地點或方位的字詞或片語。當表地點或方位的字詞或片語置句首，且主詞為名詞，動詞為不及物動詞時，其結構需「完全倒裝」。

例 In front of me ran Liz, and I could not follow her.（莉茲在我面前奔跑，但我卻無法跟著她跑。）

☞ in front of是表達方位的片語，主詞為Liz，且動詞run為不及物動詞，所以全句需倒裝。

❷ so... that句型中的so +形容詞／副詞

例 So exciting is the online game that Gary forgets to send the report. （這個線上遊戲太好玩了，讓蓋瑞忘記要把報告寄出。）

☞　由於將so所引導的部分置於句首，所以動詞is需前移形成倒裝。

❸ such引導的句子（such + be動詞 + 名詞）

例 Such is the outcome we have been waiting for long. （這就是我們長久以來所期待的結果。）

☞　由於將so所引導的部分置句首，所以動詞is需前移形成倒裝。

❹ 否定詞或片語（如not once、never等）

例 Never have I seen him so angry. （我從沒看過他如此生氣。）

☞　由於是將否定詞never置句首，其後句構需為倒裝。

❺ only + 副詞子句／介系詞片語／時間副詞

例 Only after has he read the abstract did he find that he read this article not long ago. （他讀完摘要後才發現他不久前讀過這篇文章。）

☞　由於將only置句首，其後的主要子句需倒裝。

❻ no sooner... than... 的no sooner

例 No sooner had I arrived in the airport than it begin to rain. （我剛到機場就開始下雨了。）

☞　由於將no sooner置句首，所以需將助動詞had前移至主詞前以形成倒裝。

搞懂字詞文法 I

建立時態觀念 II

學會基本句型 III

躲開文法圈套 IV

例句示範

　　熟悉介系詞的概念後，接下來就看看例句示範，知道要怎麼應用啦！

1 Do you drink beer?

你喝啤酒嗎？

2 There is only one gas station in this town.

鎮上只有一間加油站。

3 Here comes my teacher Nick.

我的老師尼克來了。

4 Never had I seen her so disappointed.

我從沒看過她如此失望。

5 Such is the best outcome we expect.

這就是我們所期待的最好結果。

6 No sooner when I enter my office than it begins to rain.

我剛到辦公室就開始下雨了。

特別提點

　　知道怎麼應用名詞與代名詞後，以下特別列舉3個會被我們誤用的句子，要小心避開這些文法錯誤喲！

- Such the decision is we have made.（我們做了這樣的決定。）

　　👉 此句為such所引導的句子，所以其動詞is應前移至主詞the decision之前以形成倒裝。

- Here my mother comes.（我媽來了。）

　　👉 由於此句將地方副詞here置句首，其後動詞come應移至主詞my mother前以形成倒裝。

- Never I had seen my younger sister so angry.（我從沒看過我妹這麼生氣。）

　　👉 由於此句將否定詞never置句首，助動詞had應移至主詞I之前以形成倒裝。

Unit 08

阿波羅的才能
假設語氣

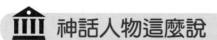

🏛 神話人物這麼說

阿波羅精通醫藥與藝術，是多才多藝的男神。

Apollo: I wish people could live longer after I teach them the medical skill to fight against diseases.

阿波羅：我希望在我傳授人們醫療技術來對抗疾病後，能夠活得更久。

🛡 圖解文法，一眼就懂

假設語氣的功用不在陳述事實，而是表達猜測、願望、可能性等。常用於表假設語氣的詞彙有if、only、wish、as if、as though等。如上句的I wish…，就是假設語氣的用法。

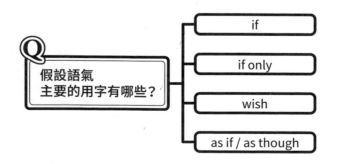

🏛 文法概念解析

　　相對於直述句，假設語氣的作用不在於陳述某一事實，而在於表達假設、猜測、願望、可能性等等。以下針對常見的 if 、if only、wish 與 as if、as though 進一步舉例說明：

if

　　當以 if 表假設時，代表此條件恰與事實相反。根據事實存在時間點的不同，可再細分為：

❶ **與現在或未來事實相反｜If + 子句主詞 +Ved, 主句主詞 + would / could / should / might + V**

　　例1 If I were the boss, I wouldn't assign Joe as the leader of the project.（如果我是老闆的話，我不會指派喬做為專案的負責人。）

　　👉 在現實情況中説話者不是老闆，所以應以 if I were... 來表達與現在事實相反的假設。

　　註：在 If 子句中，當動詞為 be 動詞，一律使用 were。

　　例2 If I went to the other planet in the galaxy, I would have carried many preserved food.（如果我去銀河系的其他星球的話，我會準備許多加工食物。）

　　👉 由於説話者未來可能去不了別的星球，所以可用假設語氣來表達與未來事實相反的假設。

❷ **與過去事實相反｜If +子句主詞+ had Vpp, 主句主詞+ would / could / should / might + have Vpp**

I 搞懂字詞文法

II 建立時態觀念

III 學會基本句型

IV 躲開文法圈套

例 If I have studied harder, I would have passed the exam and get the credit.（如果我以前用功一點的話，就可以通過考試拿到學分。）

☞ 說話者過去沒有用功，以至於沒通過考試，學分沒拿到，所以應以假設語氣來表達與過去事實相反的假設。

if only

　　if only所表達的是與說話者所處現實相反的願望，因此在語意上類似「要是…就好了」，根據此現實存在的時間點不同，可再細分為：

❶ 與現在事實相反｜If only + S + were / did / Ved

例 If only I were as smart as Lance.（如果我像蘭斯一樣聰明就好了。）

☞ 事實上說話者沒向蘭斯那樣聰明，所以可用if only S were... 來表達。

❷ 與未來事實相反｜If only + S + would / could V

例 If only I could go hiking with you tomorrow.（如果明天我能跟你一起去健行就好了。）

☞ 事實上說話者明天無法同行，所以可用if only S could... 來表示。

❸ 與過去事實相反｜If only + S + had Vpp

例 If only Sam had warned me then.（如果當時山姆有警告我就好了。）

☞ 事實上過去山姆沒有警告說話者，所以可用if only S had Vpp 來表示。

wish

❶ 當以wish表假設語氣時,其作用有以下三種:現在不可能發生或是與現在事實相反的願望:S + wish + O + Ved

例 I wish I had a heavy motor.(但願我有臺重機。)

👉 事實上說話者並未擁有重機,所以用S wish O Ved表示。

❷ 希望未來情況可以改善:S + wish + O + could / would + V

例 I wish Tom wouldn't keep interrupting me when I have the presentation tomorrow.(我希望明天簡報時湯姆不要一直打斷我。)

👉 過去湯姆可能很喜歡在說話者講話時插嘴,所以可用 S wish O wouldn't V來表達說話者希望此情況明天不會發生。

❸ 對過去有做或沒做的事情感到懊悔:S + wish + O + had Vpp

例 I wish I had told her the truth at that time.(我真希望我當時有跟她說實話。)

👉 說話者當時其實沒有說實話,所以可用S wish O had Vpp來表達他的懊悔。

 例句示範

　　熟悉假設語氣的概念後，接下來就看看例句示範，知道要怎麼應用喲！

1 If I were you, I wouldn't buy this watch.

如果我是你的話，我不會買這款手錶。

2 If I were as handsome as Mark, that would be great.

如果我像馬克一樣帥就好了。

3 I wish Wendy would stop using her smart phone while I was talking.

我希望我說話時，溫蒂別再一直使用她的智慧型手機了。

4 I wish I had visited this place.

我如果當時有參觀此地就好了。

5 When I met Jack this morning, he looked as if he were going to tell me something amazing, but he didn't utter any word.

我早上遇到傑克時，他好像要跟我說些令人驚訝的事情，但他最後什麼也沒有說。

6 Peter talks <u>as if</u> he were the owner of this villa.

彼得說起話來，好像他是別墅的主人一樣。

特別提點

　　知道怎麼應用假設語氣後，以下特別列舉3個會被我們誤用的句子，要小心避開這些文法錯誤喲！

- If I was you, I would choose the blue one.（如果我是你，我會選藍色的。）

　　☞　由於假設語氣條件子句的動詞為be動詞，所以應將was改為were。

- I wish he had had been there last night.（我希望他昨晚在這裡。）

　　☞　由於是以wish表與過去事實相反的假設，所以應將had had been改為had been。

- I wish Jasmine stop nagging while I was designing the new poster.（我希望潔思敏在我設計新海報時別再嘮叨。）

　　☞　由於是要表達希望Jasmine別再嘮叨，所以應於stop之前加上助動詞would。

阿波羅的職責
附加問句

神話人物這麼說

阿波羅是德爾斐的守護神，會將神諭告知祭司皮提雅。

Apollo: Pythia, your duty is to convey my oracle to people, isn't it?

阿波羅：皮提雅，你的職責是把我的神諭傳達給人們，對不對？

圖解文法，一眼就懂

附加問句的作用是確認真實性或是請求同意。當句子為肯定句，附加問句需為否定句；當句子為否定句，附加問句為肯定句。像上句 your duty is to convey my oracle to people, isn't it的isn't it就是附加問句。

文法概念解析

　　附加問句指的是位於句尾的簡短問句，通常用於確認事情的「真實性」或是請求「同意」，請看以下整理：

❶ 肯定句之後使用否定附加問句；否定句後使用肯定附加問句；疑問句後不能加附加問句。

例1 Pythia, your duty is to convey my oracle to people, isn't it?（皮提雅，你的職責是把我的神諭傳達給人們，對不對？）

☞ 前一句為肯定句，所以後面接否定附加問句。

例2 Mandy, you drink black tea, don't you?（曼蒂，你有喝紅茶，對不對？）(O)

☞ 此句為肯定句，所以其後使用否定附加問句。

例3 Mandy, you don't drink black tea, do you?（曼蒂，你不喝紅茶，對不對？）(O)

☞ 此句為否定句，所以其後使用肯定附加問句。

例4 Mandy, do you drink black tea, don't you? (X)

☞ 由於此句本身已經是疑問句，因此其後加上附加問句為錯誤用法。

❷ 附加問句由助動詞（如have、be 、can、do等等）與代名詞（如 I、you、she等）所組成。

例 Sam, you drink coffee, don't you?（山姆，你喝咖啡，對不對？）

☞ 此附加問句由助動詞**do**與代名詞**you**所組成。

❸ 若句中已有be動詞或是助動詞，以之形成符合原則1的附加問句。

例 David, you don't eat beef, do you?（大衛，你不吃牛肉，對不對？）

☞ 由於句中已出現助動詞**do**且為否定句，因此其後的附加問句為 **do you**。

❹ 附加問句通常使用縮寫形式（如aren't you、do you等等）

例 Mark, you eat pork, don't you?（馬克，你吃豬肉，對不對？）

☞ 否定附加問句習慣將**do not**縮寫為**don't**。

❺ 當句中出現never、seldom、hardly、nobody等否定詞時，附加問句應採否定型態。

例 Tim seldom eats fish, does he?（提姆很少吃魚，對不對？）

☞ 由於句中出現否定詞**seldom**，因此其後的附加問句型態為否定。

❻ 若句子為複合句（主句+子句），附加問句的主詞應與主句一致。

例 You think it is a good idea, don't you?（你覺得這是個好主意，對不對？）

👉 此複合句的主句是**you think**，其主詞為**you**，所以其後所加上的附加問句也應為**you**。

❼ 附加問句的主詞的人稱與單複數應與最靠近句子一致。

例 I know David is a superstar, but he earned 1000 NTD a month in the past, didn't he?（我知道大衛現在是巨星，但他過去也曾一個月只賺台幣一千塊，對不對？）

👉 but he earned 1000 NTD a month in the past是最靠近附加問句的獨立句子，所以應以其主詞**he**做為附加問句的主詞。

❽ 動名詞(Ving)、不定詞(to V)、this、that等做句子主詞時，附加問句的主詞應使用it。

例 Smoking isn't a good habit, is it?（抽菸是種壞習慣，對不對？）

👉 此句以動名詞做主詞，所以其後附加問句的主詞應為**it**。

❾ 以let's或 let us開頭的祈使句，其附加問句通常為shall we。

例 Let's grab something to eat, shall we?（我們去找點東西來吃，好不好？）

👉 本句為祈使句，所以其後附加問句應為**shall we**。

❿ 當have做動詞表擁有時，可直接以該動詞形成附加問句。

例 Jason has a new car, hasn't he?（傑森有新車了，對不對？）

👉 此句的has做「擁有」解，所以其後附加問句可直接將has做為助動詞。

 **例句示範**

熟悉附加問句的概念後，接下來就看看例句示範，知道要怎麼應用喲！

1 Linda, you drink white wine, <u>don't you?</u>

琳達，你有喝白酒，對不對？

2 Eddie, you seldom go jogging, <u>do you?</u>

艾迪，你很少去慢跑，對不對？

3 Jessica, you don't eat mushroom, <u>do you?</u>

潔西卡，你不吃菇類，對不對？

4 That is what we need, <u>isn't it?</u>

這就是我們所需要的，對不對？

5 Let's have fun today, <u>shall we?</u>

今晚大家盡情享樂，好不好？

6 Peter has a sports car, <u>hasn't he?</u>

彼得有輛跑車，對不對？

特別提點

知道怎麼應用附加問句後，以下特別列舉3個會被我們誤用的句子，要小心避開這些文法錯誤喲！

- Lucas, do you eat fish, don't you?（盧卡斯，你有吃魚，是嗎？）

  ☞ 疑問句後不加附加問句，所以此句為完全錯誤之用法。

- Kelly never goes to the nightclub, doesn't she?（凱莉從不去夜店，對吧？）

  ☞ 由於句中出現否定詞never，所以其後的附加問句應為肯定型態。

- Let's stop here for a while, don't you?（讓我們在這邊停一下，好嗎？）

  ☞ 由於此句為祈使句，所以其附加問句應改為shall we。

Unit 10

阿波羅與月桂樹的故事
強調語氣

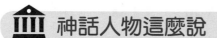

🏛 神話人物這麼說

達芙妮為了躲避阿波羅的追求，最後變成月桂樹。

Apollo: Daphne is <u>truly attractive</u> to me, but my pursuit seems too unbearable to her.

阿波羅：達芙妮真的很吸引我，但我的追求似乎讓她難以承受。

🛡 圖解文法，一眼就懂

形成強調語氣的方法有二，一是不改變句子結構加入程度副詞，二是改變句子結構將強調部分移至句首或是將主詞補語移至受詞前。如上句阿波羅為了強調達芙妮對他的吸引力，在**attractive**前加上程度副詞**truly**，就是強調語氣的用法。

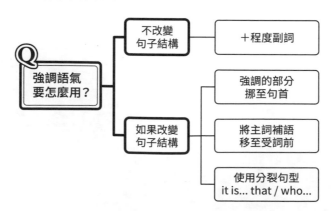

文法概念解析

在英文中，當有特別強調某一單字、片語或是句子的需求時，就會使用強調語氣。形成強調語氣的方法有兩種，一是不更動句子結構，透過加入表程度的副詞，二是改變句子結構的方式來凸顯欲強調的部分。請看以下整理：

不改變句子結構

程度副詞又稱為強調性副詞，常置於形容詞或是其他副詞之前，以達強調之效，以下從正式、口語到帶有髒話成分依序舉例說明：

❶ 口吻正式：常見的程度副詞有do（的確）、absolutely（絕對地）、truly（真正地）、quiet（相當）、pretty（相當）、very（很）、too（太…）、really（實在、的確）、extremely（極度）等。

例1 Daphne is truly attractive to me.（達芙妮真的很吸引我。）

☞ 程度副詞truly可強調對方吸引自己的程度。

例2 This sandwich is very delicious.（這個三明治非常好吃。）

☞ 程度副詞very可以強調到底有美味。

例3 I am extremely uncomfortable, so I think I need to take a sick leave this afternoon.（我真的非常不舒服，所以我想下午我需要請病假。）

☞ 程度副詞extremely可強調不舒服的程度以達極致。

❷ 口語用法：此處的口語用法通常指的是在疑問詞(what、where、how等)後加上in the world、on earth、the devil、the dickens

等來加強語氣。

例 Who the devil the man is?（這個男的到底是誰？）

☞ 程度副詞the devil可強調真的沒有知道的那種語氣。

❸ 語帶髒字：各種語言都有髒話，英文當然也不例外，這些罵人的字眼其中有些也可以做為強調之用，如bloody、flipping、fucking這三個，都可做「該死的…」來凸顯程度以達極致。

例 This appearance of this sports car is fucking awesome.

（這輛超跑的外觀真是該死的棒。）

☞ 程度副詞fucking可強調說話者真的很喜歡這輛車的外觀。

改變句子結構

透過改變句子結構形成強調語氣的方法有二，一是將欲強調的部分移至句首或是將主詞補語移到受詞前，二是使用分裂句句型it is...關係代名詞+ S +V。

❶ 強調部分置句首：一般而言，移動受詞、形容詞、副詞至句首，以及將主詞補語前移至受詞前可形成強調語氣。

例1 Such a wonderful design we have never seen.（這樣好的設計，我們從未見過。）

☞ 若按照正常順序，such a wonderful design應位於have never seen之後，將其置於句首代表此句所強調的重點為「受詞」。

例2 More serious is the air pollution.（更嚴重的是空氣汙染。）

👉 若按照正常順序，more serious應位於air pollution之後，將其至於句首代表此句所強調的重點是「形容詞」。

例3 At no time and under any circumstance we will never use the chemical weapon.（在任何時間與任何情況下，我們絕對不會使用化學武器。）

👉 若按照正常順序，at no time and under any circumstance會置於chemical weapon之後，將其前移至句首代表此句強調的重點為「副詞」。

例4 3D printing makes possible cheap customization.（3D列印讓廉價客製化變得可能。）

👉 若按照正常順序，possible應位於cheaper customization之後，將其移至受詞前代表此句強調的重點是「主詞補語」。

❷ 分裂句型：若使用分裂句型，除主要動詞外，句子的其餘部分皆可特別強調。當強調的部分為人，關係代名詞用who，強調部分為物時，則用that。

例1 It is Dr. Lin who helps me finish the analysis.（協助我完成分析的正式林博士。）

👉 若依照正常語序，此句應為Dr. Lin helps me finish the analysis。若採分裂句型並強調Dr. Lin，代表此句強調的主詞為人。

例2 It is the innovative product they are talking about.（這就是他們正在討論的創新產品。）

👉 若依照正常語序，此句應為they are talking about the innovative product。若採分裂句型並強調the innovative

I 搞懂字詞文法

II 建立時態觀念

III 學會基本句型

IV 躲開文法圈套

product代表此句強調的主詞為物。

🎵 例句示範

　　熟悉強調語氣的概念後，接下來就看看例句示範，知道要怎麼應用喲！

1 The texture of this T-shirt is <u>very soft</u>.
這件T恤的質地十分柔軟。

2 What <u>on the earth</u> is going on here?
這裡到底發生了什麼事？

3 This beer is <u>fucking</u> awesome.
這啤酒該死的好喝。

4 <u>More</u> difficult is the case study.
更困難的是個案研究。

5 It is Professor Mark <u>who</u> overthrows the existing theory.
推翻既有理論的正是馬克教授。

6 It is the science fiction they talked about last Monday.

這就是他們上星期一討論的那本科幻小說。

✒ 特別提點

　　知道怎麼應用強調語氣後，以下特別列舉3個會被我們誤用的句子，要小心避開這些文法錯誤喲！

- The taste of this wine is good extremely. （這酒的味道極棒。）

　　☛ 強調形容詞，會將程度副詞置於形容詞前，因此本句extremely應前移至good之前。

- More funny the costume they wear are. （他們穿的戲服真的很好笑。）

　　☛ 若要強調形容詞，其動詞為需一併前移至主詞之前，為More funny are the costume they wear.。

- It is Harrison that he helps me find the reason of the shutdown. （是哈利幫我找出關機的原因。）

　　☛ 分裂句強調的主詞是人時，其後的關代應使用who，為It is Harrison who helps me...。

WEEK **IV**

躲開文法圈套

MON	TUE	WED	THUR	FRI	SAT	SUN
1 occur happen take place	3 prefer rather	5 either… or neither… nor	7 there is 8 have to has to	10 as soon as 11 It is no wonder that…	REVIEW	TAKE A BREAK
2 during while when	4 have been to have gone to	6 other the other another	9 too… to… so… that… so that	12 every both		

按照學習進度表，練等星星數，成為滿分文法大神！

★ **Unit 1-4** 文法觀念小通才

★★ **Unit 5-9** 文法糾錯小神童

★★★ **Unit 10-12** 初級滿分文法大神，成就達成！

阿波羅與柯羅妮絲公主的愛情故事
occur / happen / take place

🏛 神話人物這麼說

阿波羅因誤信柯羅妮絲偷情而將她殺死。

Apollo: A tragedy just <u>happened</u>! I kill my lover, Coronis.

阿波羅：一場悲劇活生生發生在我眼前！我殺死了我的愛人柯妮羅斯。

🗡 圖解文法，一眼就懂

occur、happen、take place都是表發生的不及物動詞，差別在於occur的事件具可預測性，happen則無。至於take place則多用於已計畫好或排定時程的事件。如上句A tragedy just happened!就是指悲劇不可預期地的發生了！

文法概念解析

　　occur、happen、take place是英文中常用來表達「發生」的詞彙。三者同樣都是「不及物動詞」，所以其後「沒有受詞」，也「沒有被動語態」，但強調的重點各有不同，請看以下整理：

occur

　　若以occur表發生，通常強調事件的意義明確、具有可預測性，或是符合某種邏輯，所以經常搭配頻率副詞與自然現象、科學原理、手法等連用，以便解釋其關聯性。以下進一步舉例說明：

例1 Panic buying of fresh vegetables usually occurs before strong typhoons.（強烈颱風侵襲前通常會出現新鮮蔬菜的搶購潮。）

☞ 由於消費者擔心颱風後蔬菜減產會使價格大幅上揚，這樣的預期心理説明了為何颱風前會有搶購潮，所以可用occur來表達事件具可預測性。

例2 Mudslides often occur after heavy rain or typhoon.（大雨或是颱風過後經常造成土石流。）

☞ 土石容易因為大雨或颱風的侵襲而鬆動，最後造成崩塌，所以可以用occur來表達現象具有可預測性。

例3 Such an expression often occurs in his works.（這樣的表現手法經常出現在他的作品。）

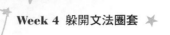

👉 讀者能從某些獨特手法判斷出該作品應出自某作者之手，所以可用occur來表達此種表現方式具有可預測性。

happen

若以**happen**表發生，通常強調事件具有不可預測性，通常與偶發或是意外，例如交通事故等連用。以下進一步舉例說明：

例1 A tragedy just happened!（一場悲劇活生生發生在我眼前！）

👉 悲劇無預警地發生，所以可使用**happen**來表達事情的不可預測性。

例2 You look panic, what happened?（你看起來很驚恐，發生什麼事了？）

👉 說話者只知道對方害怕，但並不知道原因為何，所以可使用**happen**來表達事件的不可預測性。

例3 An explosion just happened!（剛剛發生爆炸了！）

👉 說話者只知道有爆炸發生，但無法當下就判斷出原因，所以可用**happen**來表達事件的不可預測性。

take place

若以**take place**表發生，代表此事件經過計畫，或是已經排定時程，通常與公告、活動時間表等已確認時間的事項連用，所以也將經常做「舉行」解。以下進一步舉例說明：

例1 The opening ceremony of our first flagship store takes place this morning.（我們首間旗艦店的開幕典禮將於今日上午舉行。）

☞ 開幕時間通常都是預先排定的，所以可用**take place**來表示此事件來表達事件具有可預期性。

例2 When will the contract signing ceremony take place?
（何時將進行簽約儀式？）

☞ 簽約之前通常當事人都會先行擬定好自己的時程，彼此協調後才拍板定案，所以可用**take place**來描述此事需透過事先計劃。

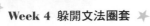 例句示範

　　熟悉occur、happen和take place的用法後，接下來就看看例句示範，知道要怎麼應用喲！

1 Such a plot often <u>occurs</u> in his play.
這樣的情節經常出現在他的戲劇作品中。

2 A strike often <u>occurs</u> after an unsuccessful negotiation between the employer and the employees.
勞資雙方協商未果經常造成勞方罷工。

3 A serious car accident just <u>happened</u> a few blocks away.
幾個街區之外剛發生了一場嚴重的車禍。

4 You look anxious, <u>what happened</u>?
你看起來很焦慮，發生甚麼事了？

5 When will the closing ceremony <u>take place</u>?
何時將舉行閉幕儀式？

6 The concert <u>takes place</u> today.
今天舉行音樂會。

特別提點

　　知道怎麼應用occur、happen和take place後，以下特別列舉3個會被我們誤用的句子，要小心避開這些文法錯誤喲！

- Watch shortage is occurred after the breakage of the main pipe.（看看主要水管損壞後造成的短缺。）
  👉 occur沒有被動語態，所以應將is occurred改為occur。

- A car accident happen to Sam.（山姆出車禍了。）
  👉 happen其後不加受詞，所以此句應該為Sam have an car accident.

- Few hours ago, a serious earthquake happened in Japan.（幾個小時前，日本發生一起嚴重的地震。）
  👉 日本經常地震，所以此事件對該國而言較不屬於不可預期事件，應該使用occured較為適宜。

阿波羅與美少年雅辛托斯：
風信子的由來
during / when / while

🏛 神話人物這麼說

　　阿波羅不小心打死了雅辛托斯，他將從雅辛托斯血泊中長出的花，命名為風信子。

　　Apollo: <u>When</u> I throw the discus, the discus hits Hyacinth and he is killed accordingly.

　　阿波羅：我擲鐵餅時，鐵餅打中雅辛托斯，最後他因此身亡。

🗿 圖解文法，一眼就懂

　　介系詞during可用來表達「在…期間」或是「在…期間的某一時間」內動作的持續性，而連接詞while與when則用於說明主要子句與副詞子句動作時間的長短與持續與否。如上句的when，就是用來表達阿波羅做出擲鐵餅這個動作後，鐵餅砸到人的那個時間點。

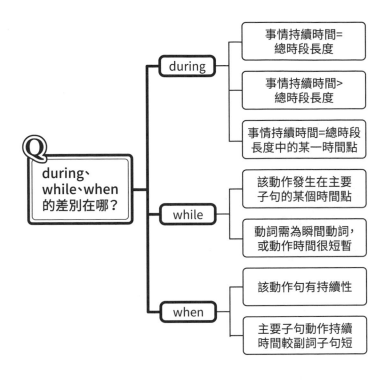

搞懂字詞文法 I

建立時態觀念 II

學會基本句型 III

躲開文法圈套 IV

文法概念解析

during是介系詞，while與when是從屬連接詞，但由於三者都與時間有關，且用法還有些許相似性，因此誤用的情況屢見不鮮。為了協助讀者釐清當中差異，以下將以圖解的方式加以舉例說明：

during

介系詞during所表達的是某事在某一時段內所持續的時間，意思可解釋為「在…期間」或是「在…期間的某一時間」。根據持續的時間的長短，又可細分為以下三種用法：

❶ 事情持續時間=總時段長度

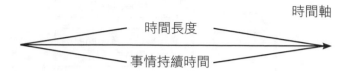

例 During the summer vacation, I stayed with my Uncle Simon.（暑假期間，我與賽門叔叔同住。）

👉 暑假時間長度有多長，說話者住在叔叔家的時間就有多久，所以可使用during來表達「在⋯期間」。

❷ 事情持續時間>總時段長度

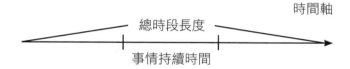

例 Kevin fell asleep for fifteen minutes during the class.（凱文在課堂睡了十五分鐘。）

👉 課堂的時間比凱文睡著的時間長，所以可使用during來呈現「在⋯期間的某一時間」的語意。

❸ 事情持續時間=總時段長度中的某一時間點

例 During the meeting, Sam calls me.（會議途中，山姆打電話給我。）

👉 山姆來電發生在說話者開會過程中的某個時間點，所以可用during來呈現「在⋯期間的某一時間」的語意。

when

從屬連接詞when所表達的「從屬子句」的動作發生在「主要子句」的某個時間點，且該動作通常「短暫」或是「瞬間動詞」。

例 When I throw the discus, the discus hits Hyacinth and kills him by accident.（我擲鐵餅時，鐵餅打中雅辛托斯，最後他因此身亡。）

☞ 當阿波羅擲鐵餅的過程中，鐵餅在某一時刻打中雅辛托斯，害他死去，因此打中雅辛托斯害他死亡為主要子句，擲鐵餅為附屬子句。擲鐵餅只有一瞬間，符合短暫或瞬間動詞之定義，所以此句可用when來連接。

while

while在用法上與when相似，都可做為引導副詞子句的從屬連接詞，但兩者的差異在於副詞子句中動作的延續性。when表示的時間點，while表有一時間區段，所以前者所引導的副詞子句多使用瞬間動詞，後者則多使用持續性動詞。

例 My computer suddenly shutdown while I am talking to Sam.（我在跟山姆談話時，我的電腦突然關機。）

搞懂字詞文法 Ⅰ

建立時態觀念 Ⅱ

學會基本句型 Ⅲ

躲開文法圈套 Ⅳ

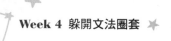 此句的描述重點是電腦關機，但由於與山姆講話的動作時間較長，所以可使用**while**來連接。

　　註：原則上**while**其後持續性動詞，但當副詞句子為過去進行式時，可使用**when**來替換。

例 While / when I was listening to the music, my cell phone rang.（當我在聽音樂時，我的手機響了。）

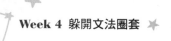 由於副詞子句採過去進行式，所以使用**while**或**when**來連接皆可。

例句示範

　　熟悉during、when和while的用法後，接下來就看看例句示範，知道要怎麼應用喲！

1 During the winter vacation, I stay with my Uncle Mike.
寒假期間我與麥克叔叔同住。

2 I sleep for ten minutes during the class.
我在課堂睡了十分鐘。

3 During the show, my younger sister cries for many times.
在這場表演中，我妹妹哭了好幾次。

4 When I came back to my dorm, my roommate is eating his dinner.

我回宿舍時，我的室友正在吃晚餐。

5 Sam calls me while I was chatting with David.

在我與大衛閒聊時，山姆打電話給我。

6 When I was watching the movie, my phone vibrated.

當我在看電影的時候，我的手機震動了。

特別提點

　　知道怎麼應用during、when和while後，以下特別列舉2個會被我們誤用的句子，要小心避開這些文法錯誤喲！

- During the winter time, I am staying with my grandparents.
  （冬天時，我和祖父母住在一起。）
  ☞　during的其中一種用法是表達動作時間等於總描述時間，所以應將am staying改為stay。

- Sam falls asleep while the class.（山姆在課堂中睡著。）
  ☞　比較動作的時間時才會用while，此句只有單一動作，所以應使用during。

阿波羅與向日葵的由來
prefer / rather

單戀阿波羅的克莉提最後變成了向日葵。

Clytie: I would <u>rather</u> stay here to wait his feedback <u>than</u> do nothing.

克莉提：我寧願待在這等待他的回應，也不要什麼都不做。

🗿 圖解文法，一眼就懂

prefer N_1 / $Ving_1$ to N_2 / $Ving_2$ 與rather +V_1 + than +V_2常用來表達從特定兩種事物中表示喜好。若要單獨表達喜歡某事物與否，則可用prefer to V / not to V或rather V / not V表示。像上句I would rather... than...，就是指比起什麼事都不做，克莉提寧願等待阿波羅的回應。

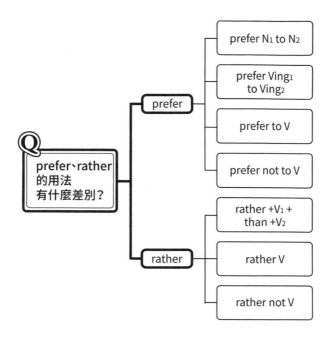

文法概念解析

prefer與rather是英文中常用來表達喜好的詞彙，兩者雖然語意相近，但在用法上大不相同，以下進一步說明其差異：

prefer

當要從兩個事物或動作中選擇其一表達偏好，其中一種用法就是：S (would) prefer N_1 / $Ving_1$ to N_2 / $Ving_2$。由於在許多情況下，是對方詢問後才說明喜好的需求，加上would可以和緩語氣，不加也不影響語意。至於N_1 / $Ving_1$指的是喜歡的那個，較不喜歡那個則為N_2 / $Ving_2$，其語意為「與其…，寧可／寧願…」以及「比較喜歡…較不喜歡…」。

例1 I prefer fish to pork.（我比較喜歡吃魚，較不喜歡吃豬肉。）

☞ 此句比較的是兩種食物，說話者比較喜歡魚，所以將其置於 N_1，較不喜歡的豬肉則在 N_2。

例2 I prefer taking bus to taking taxi.（與其搭計程車，我寧願搭公車。）

☞ 此句比較的是兩種動作，而說話者偏好搭公車，所以將其置於 $Ving_1$，較不喜歡的計程車則在 $Ving_2$。

　　除做比較外，**prefer** 也可獨立表示對某事物的喜歡與否，若表喜歡，句型為：S prefer Ving / to V / N，若不喜歡，則為：S prefer not to V。

例1 Sam prefers to drink sugar-free green tea.（山姆喜歡喝無糖綠茶。）

☞ 此句表達的是山姆對於某種飲品的喜好，所以應使用 S prefer... 的句型。

例2 I prefer not to use GPS.（我不喜歡用衛星導航。）

☞ **prefer not to** 表達的對某事物厭惡，所以可以知道說話者沒有使用導航的習慣。

rather

　　另一種常用來從兩個事物中表達喜好的方法就是：S + (would)

rather +V$_1$ + than +V$_2$。此處would的作用同樣是為了和緩語氣，也可省略。V$_1$為喜歡的動作，V$_2$則為不喜歡的動作。

例1 I would rather stay here to wait his feedback than do nothing.（我寧願待在這等待他的回應，也不要什麼都不做。）

☞ V$_1$是stay，V$_2$是do nothing。表示克莉提比起什麼都不做，更寧願待在這等。

例2 I would rather read paper books than surf e-books.（我比較喜歡看紙本書，而不喜歡瀏覽電子書。）

☞ 此句比較的是書本的兩種型態，說話者偏好讀實體書，所以V$_1$應使用read，V$_2$則使用surf來呈現瀏覽的意思。

　若要單獨以rather表示對事物的喜好與否，表喜歡的句型為：S +(would) rather+ V，表不喜歡的則為：S + (would) rather + not + V。

例1 I would rather drink black coffee.（我比較喜歡喝黑咖啡。）

☞ 此句說明說話者對飲品的喜好，所以可用S rather V的句型來表示。

例2 I would rather not drink black coffee.（我比較不喜歡喝黑咖啡。）

👉 此句說明說話者對飲品的厭惡,所以可用S rather not V的句型來表示。

🎼 例句示範

熟悉prefer和rather的用法後,接下來就看看例句示範,知道要怎麼應用嘍!

1 I prefer black to white.

比起白色,我較喜歡黑色。

2 I prefer drinking beer to sipping Whiskey.

比起啜飲威士忌,我比較喜歡喝啤酒。

3 I prefer to eat toast.

我比較喜歡吃吐司。

4 I prefer not to listen to music when I study.

我讀書時不喜歡聽音樂。

5 I would rather drive my car than take public transportation.

與其搭乘大眾運輸,我寧願自己開車。

6 I would <u>rather not</u> eat fish.

我較不喜歡吃魚。

特別提點

知道怎麼應用prefer和rather後,以下特別列舉3個會被我們誤用的句子,要小心避開這些文法錯誤喲!

- I prefer to drink black tea to drink coffee.（比起咖啡,我喜歡喝紅茶。）

  👉 prefer其後應加Ving或N,所以應將to drink皆改為drinking。

- I would not prefer to eat cheese.（我較不喜歡吃起司。）

  👉 若要以prefer表達對某事物的厭惡,應該在prefer的後面加上not,而不是加在prefer的前面。

- I would not rather eat noodles.（我較不喜歡吃麵。）

  👉 若要以rather表達對某事物的厭惡,應該在rather的後面加上not,而不是加在rather的前面。

愛神阿弗羅黛蒂
have been to / have gone to

阿弗羅黛蒂雖然是愛神，但卻也情路坎坷。

Aphrodite: I <u>have been to</u> many places and meet many males and gods, but none of become my Mr. Right.

阿弗羅黛蒂：我去過很地方，也遇見很多男人與男神，但卻沒有一個成為我的真命天子。

🗿 圖解文法，一眼就懂

have been to指的是截至當下，說話者曾去過某處，現在人不在該地。have gone to指的是截至目前為止，某人已經前往某地。如上句愛神說I have been to...，就表示她曾去過某些地方。

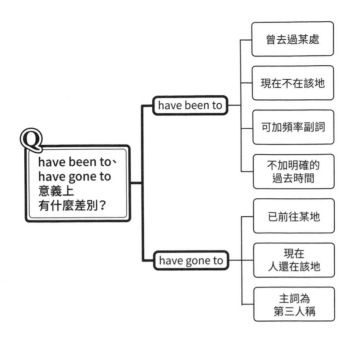

以下為心智圖文字內容：

Q have been to、have gone to 意義上有什麼差別？

have been to
- 曾去過某處
- 現在不在該地
- 可加頻率副詞
- 不加明確的過去時間

have gone to
- 已前往某地
- 現在人還在該地
- 主詞為第三人稱

文法概念解析

　　have been to 與 have gone to 雖然都與地點有關，但兩者在語意上差異甚大，以下進一步舉例說明：

have been to

　　英文中常以be動詞來表狀態，have been是be動詞的完成式，加上to有前往某處之意，根據此邏輯，have been to自然指的就是截至當下，說話者曾去過某處，且現在人不在該地，因此其後切記不要加上明確過去時間（如two years ago、last week等）。另因為同一地點可能不只去過一次，所以have been to也經常與頻率副詞（如twice、three times等）連用。

右側邊欄文字：
I 搞懂字詞文法
II 建立時態觀念
III 學會基本句型
IV 躲開文法圈套

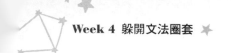

例1 I have been to many places.（我去過很地方。）

☞ 截至當下，阿弗羅黛蒂去過很多地方，不過現在她人並不在那些地方，所以使用have been to這個用法。

例2 I have been to New York twice.（我曾去過紐約兩次。）

☞ 此句表達的重點是說話者過去曾去過紐約，所以用**have been to**表示。twice則說明去過的總次數。

由於是在描述經驗，往往也會談到自己或某人沒有去過的地點，以及詢問對方是否去過某地。針對前者，於have與been之間加入否定詞never即可。後者則常以have...ever been to...來表示，句中的ever有加強語氣的效果。以下進一步舉例說明：

例1 I have never been to Japan.（我從沒去過日本。）

☞ 截至目前為止，說話者從未去過日本，因此以**have never been to**表示。

例2 Have you ever been to Japan?（你去過日本嗎？）

☞ 由於是在詢問是否去過某地，所以疑問句加入頻率副詞ever來加強語氣。

have gone to

英文中常用go to... 來表達前往某地，而**have gone**為go的完成式，根據此邏輯，**have gone to**自然指的就是截至目前為止，某人已經前往某地，且現在人還在該地。也因為人還在該地，因此**have gone to**的主詞只會是第三人稱（詳見註）。

例 Sam has gone to South Africa.（山姆已經前往南非。）

☞ 說話者說出此話時，山姆人已動身前往南非，且人還在當地，所以可用**have gone to**來表示。

　　註：從邏輯的角度切入，由於**have gone to**意指某人已經前往某地，且說話時還在該地，所以當主詞為第一人稱或第二人稱時，都明顯違反常理，因為說話者此時應當於該地，既然在該地也就無法在此時說出此話。

例1 I have gone to Japan.（我已經前往日本。）**(X)**

☞ 若說話者已經人在日本，現在不可能說出此話，所以此句為錯誤用法。

例2 You have gone to Japan.（你已經前往日本。）**(X)**

☞ 若對方人已經在日本，說話者說出此話就變成自言自語，所以此句也為錯誤用法。

例3 Mark has gone to Japan.（馬克已經前往日本。）**(O)**

☞ 說話者說出此話時，馬克人已在日本，屬於對某一事實的描述，所以為正確用法。

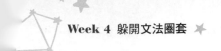 例句示範

　　熟悉have been to和have gone to的用法後，接下來就看看例句示範，知道要怎麼應用喲！

1 I have been to this museum twice.

我曾來過這間博物館兩次。

2 Have you ever been to Hawaii?

你去過夏威夷嗎？

3 I have never been to USA.

我沒去過美國。

4 I have been to Japan.

我去過日本。

5 Have you been to Australia before?

你去過澳洲嗎？

6 Green has gone to Hong Kong.

格林已經前往香港。

特別提點

　　知道怎麼應用have been to和have gone to後，以下特別列舉3個會被我們誤用的句子，要小心避開這些文法錯誤喲！

- I have been to Mexico two years ago.（我兩年前去過墨西哥。）

  ☞ have been to其後不加明確過去時間，所以此句應將two years ago改為before較適合。

- I have gone to Golden state.（我去過加州。）

  ☞ have gone to代表某人已經前往某地，所以不可能有以第一人稱做主詞的情況，改為have been to語意才會合理。

- You have gone to South Korea.（你去過南韓。）

  ☞ 若以第二人稱做have gone to的主詞，說話者其實是在自言自語，所以也應改為have been to語意才會合理。

火神赫發斯特斯的身世
either... or... / neither... nor...

🏛 神話人物這麼說

火神年幼時不得父母疼愛，還因為失足成了瘸子。

Hephaestus: I am <u>neither</u> tall <u>nor</u> handsome, but I am good at weapon making.

赫發斯特斯：我既不高也不帥，但我擅於製作武器。

🛡 圖解文法，一眼就懂

either... or... 與 neither... nor... 屬於成對連接詞，無法單獨使用，可連接對等的文法結構。前者的語意為「不是…就是…」，概念上像是二擇一。後者則為「既不…也不…」，表達的是全盤否定。如上句火神自稱 neither tall nor handsome，不高也不帥。

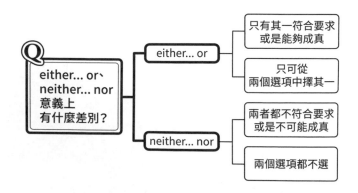

🏛 文法概念解析

　　在連接詞的分類中，**either... or...** 與 **neither... nor...** 都屬於成對連接詞。此類連接詞的特性有二：**(1)**無法單獨使用，需成對出現；**(2)**可視為兩個對等連接詞，連接兩個文法上的平行結構（例如：兩個名詞、兩個形容詞等）。

either... or

　　若以 **either... or...** 連接兩個文法上的平行結構，其目的基本上有二：

❶ 只有其一符合要求或是能夠成真。

❷ 只可從兩個選項中擇其一。

　　所以可解釋為「不是⋯就是⋯」。若以之做為句子的主詞，由於是由並列的兩個主詞構成一個複合主詞，概念上應視為複數，其後動詞的單複數當與之一致。

例1 I can buy the replacement either in the department store or in the convenience store.（我可以在百貨公司或是便利商店買替換品。）

☞ 說話者可有兩種通路可以購買替換品，所以可用 **either... or...** 來表達只可從中擇其一來滿足需求。

例2 Either Sam or I will get the promotion this time.（這次不是山姆就是我會獲得晉升。）

☞ 雖然山姆與說話者都在口袋名單，但最後只會有一人獲得晉升，所以可用 **either... or...** 來描述此人事調動的特性。

I 搞懂字詞文法

II 建立時態觀念

III 學會基本句型

IV 躲開文法圈套

補充説明：

由於either... or... 表達的是「部分否定」，若於其前在加上not將形成「完全否定」，語意也隨之轉為neither... nor... 相同的「既不⋯也不⋯」。

例 I don't want either a jacket or a pair of shoes.（我既不要夾克也不要鞋。）

👉 雖然either... or... 所表達的是二擇一，但若在其前加上not形成否定句，其概念就轉為兩者都不要。

neither... nor

若以neither... nor... 連接兩個文法上的平行結構，其目的基本上有二：

❶ 兩者都不符合要求或是不可能成真。

❷ 兩個選項都不選。

所以可解釋為「既不⋯也不⋯」。若以此一平行結構做為句子的主詞，動詞的單複數應以nor之後的主詞一致。

例1 I am neither tall nor handsome.（我既不高也不帥。）

👉 火神表示自己不高也不帥，用neither... nor來表達。

例2 I neither drink nor smoke.（我既不抽菸也不喝酒。）

👉 由於説話者並沒本句所提及的習慣，所以可用neither... nor來表達抽菸與喝酒都説話者絕緣。

例3 Neither Kevin nor I like to cooperate with this guy.（凱文和我都不喜歡與這個人合作。）

☛ 與此人合作是凱文與說話者都不想做的事，所以可用neither... nor... 來表達兩人的選擇。此外，由於nor之後的主詞為第一人稱單數的I，因此其後的動詞型態應為want。

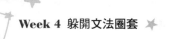 例句示範

　　熟悉either... or和neither... nor的用法後，接下來就看看例句示範，知道要怎麼應用喲！

1 You can buy this T-shirt <u>either</u> in the shop <u>or</u> on the website.

你可以在實體店面或是線上商店購買這件T恤。

2 <u>Either</u> you are lying <u>or</u> I misunderstand you.

要嘛就你在說謊，要嘛就是我錯怪你了。

3 I don't need <u>either</u> a car <u>or</u> a motor.

我不需要汽車也不需要機車。

4 I <u>neither</u> play basketball <u>nor</u> play baseball.

我既不打籃球也不打棒球。

5 He speaks <u>neither</u> English <u>nor</u> German.

他既不會說英語也不會說德語。

6 <u>Neither</u> Jason <u>nor</u> I want to go there.

傑森和我都不想去那。

特別提點

知道怎麼應用either... or和neither... nor後，以下特別列舉3個會被我們誤用的句子，要小心避開這些文法錯誤喲！

- Either Nick or I wins the first prize.（不是尼克就是我會得第一。）

  ☞ either... or... 所連接的文法平行結構視為複數，所以應將wins改為win。

- Ben neither go to night clubs nor drinking in bars.（班不在夜店，也不在酒吧喝酒。）

  ☞ neither... nor... 應連接平行的文法結構，所以此句的改法有二，一是把go改going，二是把drinking改drink。

- Neither Mandy nor I supports this proposal.（我和曼蒂都不會支持這個提議。）

  ☞ neither...nor...動詞應與nor之後的主詞一致，此句nor之後的主詞為I，所以動詞應為support。

火神赫發斯特斯的技能與性格
other / the other / another

🏛 神話人物這麼說

赫發斯特斯除了是火神外,也是匠神。

Hephaestus: My most outstanding skill is making weapons for other gods.

赫發斯特斯:我最傑出的技能就是替其他神製作武器。

🪖 圖解文法,一眼就懂

other描述的是兩個中的一個。the other是指兩個之中的其中一個。another描述的是總數至少三個中的其中一個。

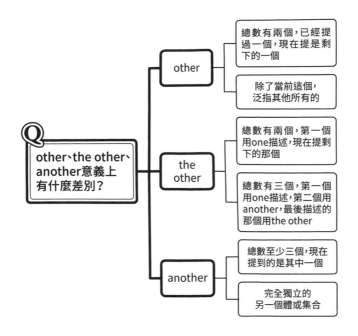

文法概念解析

other、the other 、another是英文中很常用來描述數量的詞彙，但三者的總量各有不同，以下依序進一步舉例說明：

other

若以other表數量，其適用情況有以下兩種：

❶ 總數有兩個，已經提過一個，現在提是剩下的一個，意思為「另一個」

例1 My most outstanding skill is making weapons for other gods.（我最傑出的技能就是替其他神製作武器。）

👉 除了自己，也為其他眾神製作武器，因此可用other來表達其他神。

例2 Lucas first-born daughter is a nurse and his other daughter is a teacher.（盧卡斯的長女是護士，而他另一個女兒是老師。）

👉 盧卡斯有兩個女兒，此句先提到長女，因此可用other來表達另一個就是次女。

❷ 除了當前這個，泛指其他所有的，意思為「別的」、「其他的」

例 There are other ways to solve this problem.（還有別的方法可以解決這個問題。）

👉 說話者認為目前的方法可能解決不了問題，且其他可行的辦法應當不只一種，所以可用other來表示

the other

冠詞the表達範圍上的限定，加上other是單數，若以之表數量，其適用情況有以下兩種：

❶ 總數有兩個，第一個用one描述，現在提剩下的那個，意思是「另一個」、「剩下的」。

例 I buy two books. One is about sports, and the other is about popular science.（我買了兩本書。一本有關運動，另一本是關於新科技的。）

👉 說話者書總共買了兩本書，先說明了其中一本的性質，剩下來尚未描述的數量自然只剩一本，所以可用the other來表達。

❷ 總數有三個，第一個用one描述，第二個用another，最後描述的那個用the other，意思是「剩下那一個」。

例 There are three cars in the parking lot. One is blue, another is yellow, and the other is black.（停車場一共停了三輛車。一輛是藍色的，一輛是黃色的，剩下那輛是黑色的。）

☞ 停車場車輛的總數為三，第一輛可用one來表示，第二輛則可用another，因為只剩一輛，所以可用the other來描述最後這個。

another

若將another拆解an與other來理解，意思是「一個 + 其他的」。以邏輯去推演，其適用情況有以下兩種：

❶ 總數至少三個，現在提到的是其中一個，解釋為「另一個」。

例 I order three dishes. One is salad, another is steak, and the other is soup.（我點了三道菜。其中一道是沙拉，另一道是牛排，最後一道是湯。）

☞ 說話者總共點了三道菜，當說明了第一道點什麼後，要在表達剩下兩道其中一道時，會以another表示，最後剩下那道才用the other。

❷ 完全獨立的另一個體或集合

例 I am extremely hungry, so I eat another after having one sandwich.（我真的太餓了，所以吃一個三明治後又吃了另一個。）

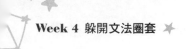 由兩個三明治在屬於獨立的個體,所以可用**another**做為第二個三明治的代名詞。

🎵 例句示範

熟悉other、the other和another的用法後,接下來就看看例句示範,知道要怎麼應用喲!

1 Mark's first son is an engineer, and his <u>another</u> son is a doctor.

馬克的長子是工程師,另一個兒子是醫生。

2 There are <u>other</u> ways to leave here.

還有其他方法可以離開此處。

3 I buy two key chains. <u>One</u> is metal, and <u>the other</u> is leather.

我買了兩個鑰匙圈。一個是金屬製,另一個是皮革製。

4 He orders three software. <u>One</u> is for analyzing data, <u>another</u> is for 3D drawing, and <u>the other</u> is for mentoring.

他訂了三種軟體。一種是為了要分析資料,另一種是要用來3D繪圖,剩下那種是要做監控。

5 I buy three watches in the shopping mall. <u>One</u> is Germany made, another is Swiss made, and <u>the other</u> is Japan made.

我在購物中心買了三只手錶。一只是德國製，另一只是瑞士製，剩下一只是日本製。

6 I am too thirsty, so I drink <u>another</u> after drinking one bottled water.

我太渴了，所以喝完一瓶罐裝水後又喝了另一罐。

特別提點

　　知道怎麼應用other、the other和another後，以下特別列舉2個會被我們誤用的句子，要小心避開這些文法錯誤喲！

- There are the other way to come up with a solution.（一定有其他方法可以想出解決方案。）

　　☞　由於是要表達除…以外的語意，所以應將the other改為other。

- I buy three cakes. One is chocolate, another is strawberry, and the others are mango.（我買了三個蛋糕，一個是巧克力的，一個是草莓的，另一個是芒果的。）

　　☞　由於總數只有三個，所以應將the others改為the other。

Unit 07

愛神阿弗羅黛蒂與火神的婚姻
there is

🏛 神話人物這麼說

阿弗羅黛蒂經常背著丈夫火神在外偷腥。

Hephaestus: <u>There is</u> no trust and loyalty between Aphrodite and me.

赫發絲特斯：阿弗羅黛地與我之間沒有信任與忠誠可言。

🛡 圖解文法，一眼就懂

there be是英文中用來表有無的句型，可與地方副詞、時間副詞、助動詞、半助動詞以及非限定詞連用，來描述事物存在的地點時間或是陳述某一事實。如上句There is no trust and loyalty...，就是用來陳述火神和愛神的婚姻之間沒有任何信任基礎。

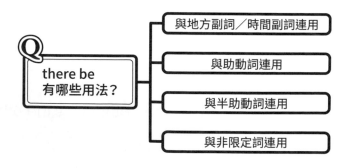

文法概念解析

英文表達「有」的方式有三種，一是表述持有或具備的**have/has**，二是不含方位的情況描述，如**Nobody...**（沒有人…），三是可以包含方位的實質存在，也就是本單元要說明的**there be...** 句型。

由於**there be...** 句型表達的是某事物的「存在」，一般而言常會與以下詞彙連用：

❶ 地方副詞／時間副詞：當there be與地方副詞（如in the arena、in the park等）連用，表達的是某事物在「在某地」。若與時間副詞（如tonight、last week等）連用，則是強調某事物「於何時」發生。

例1 There is a bus stop nearby.（這附近有一個公車站牌。）

☞ 當there be... 句型與地方副詞nearby連用時，可描述哪邊「有」公車站牌。

例2 There is a concert tonight.（今晚有場演唱會。）

☞ 當there be... 句型與時間副詞tonight連用時，可描述何時「有」演場會。

❷ 助動詞：there be... 句型與助動詞（如 have、will、can等）連用，可用來陳述事實、表達看法。

例1 There have been many car accidents in the past few months.（過去幾個月以來車禍頻繁）。

☞ 助動詞have與been組成完成式，所以可表達過去一段時間至

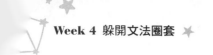

今所發生的事件有哪些。

例2 I feel there must be something wrong.（我覺得此事尚有蹊蹺。）

☞ 當there be句型與助動詞must連用時，可用來表達某人認為某事應當當如此。

❸ 半助動詞：當there be... 句型與半助動詞（如happen to、seem to、appear to等）連用，可表推測、肯定等。

例1 There happened to be a friend of mine in the restaurant.（餐廳裡恰巧有一位我的朋友。）

☞ 當there be... 句型與半助動詞happen to連用時，可形成對於某事物的肯定表述。

例2 There appeared to no controversy over this plan.（看來此計畫已無爭議了。）

☞ 當there be... 句型與半助動詞appear to連用時，可形成說話者對於某事物的推測。

❹ 表不確定的限定詞：由於there be... 句型牽涉有無，所以也經常與表不確定的限定詞（如a、some、no等）連用。

例1 There is no trust and loyalty between Aphrodite and me.（阿弗羅黛地與我之間沒有信任與忠誠可言。）

☞ there be... 句型與非限定詞no連用，表達事物的不存在。

例2 There are some in the tree.（樹上有幾隻鳥。）

☞ 當there be... 句型與非限定詞some連用時，可表達事物的存在。

例3 There is a lake nearby.（這附近有一個大湖。）

☞ 當there be... 句型與非限定詞a連用時，可表達事物的存在。

　　值得特別注意的，**there be...** 句型中be動詞的單複數是由最靠近的那個項目所決定。若為單數，即使其後還有其他名詞，動詞仍採單數型態。

例1 There is a pen and an eraser on the desk.（桌上有一支筆跟一個橡皮擦。）

☞ 本句所描述的物品雖然有兩樣，但由於靠近be動詞的pen是單數，所以動詞型態仍應使用is。

例2 There are two books and one pencil box on the desk.
（桌上有兩本書跟一個鉛筆盒。）

☞ 由於靠近be動詞的books是複數，所以動詞型態應使用are。

🎵 例句示範

熟悉there is的用法後,接下來就看看例句示範,知道要怎麼應用啊!

1 There is a company logo on the uniform we wear.
我們穿的制服上有公司標誌。

2 There is an outdoor concert tonight.
今晚有戶外音樂會。

3 There is a guidebook and a screwdriver on the desk.
桌上有一本參考手冊跟一把螺絲起子。

4 There happened to a colleague of mine in the restaurant.
餐廳裡剛好有一位我的同事。

5 There is no smoking area in this building.
本大樓沒有吸菸區。

6 There are two typos in your report.
你的報告裡兩個錯字。

特別提點

知道怎麼應用there is後，以下特別列舉3個會被我們誤用的句子，要小心避開這些文法錯誤喲！

- **There be must something wrong.**（一定是哪裡出錯了。）
  👉 there be... 句型如果和助動詞連用，助動詞應該放在there與be之間，所以應為**There must be...**。

- **There is the lion in the zoo.**（動物園裡有隻獅子。）
  👉 there be句型不與限定詞連用，所以應將**the**改為**a**或**one**。

- **There are a jacket and a T-shirt in the closet.**（衣櫥裡有一件夾克和一件T恤。）
  👉 there be... 句型單複數以靠近的名詞為準，所以應將**are**改為**is**。

愛神丘比特
have to / has to

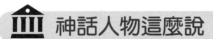

被丘比特金箭射中的人，會陷入戀愛中。

Cupid: The one who shot by my golden arrow <u>has to</u> create his or her romance.

丘比特：被我金箭射中的人，必須去創造屬於他或她自己的愛情故事。

🪖 圖解文法，一眼就懂

have / has to是英文中常用來表達「必須…」的詞彙。若為現在式，語意上與must相近，若為過去式，則不等於must have done，若為未來式，可與must、need相互替換。如上句的has to create...，就是表達必須的意思。

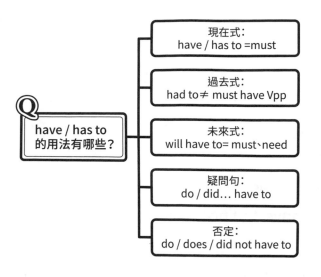

文法概念解析

　　若要以英文表達「必須…」，**have to**是常見的用法之一，請看以下整理：

現在式have to

	第一人稱	第二人稱	單數第三人稱	複數第三人稱
肯定句	have to	have to	has to	have to
否定句	do not have to	do not have to	do not have to	does not have to
疑問句	Do... have to...?	Do... have to...?	Does... have to...?	Do... have to...?

註：**do not**可以縮寫為**don't**; **does not**可以縮寫為**doesn't**。

就功能面來看，**have to** 在語意上與**must**相近，談論的是必要性與當前的職責。

例1 The one who shot by my golden arrow has to create his or her romance.（被我金箭射中的人，必須去創造屬於他或她自己的愛情故事。）

☞ 說明任何人被邱比特的箭射中後，都必須要去創造自己的愛情故事，用**has to**表示。

例2 Do I have to finish this report this week?（我要在本週完成這份報告嗎？）

☞ 說話者不確定報告最後期限是不是本週，所以可用**do... have to**來詢問繳交的必要性。

過去式had to

	第一人稱／第二人稱／單數第三人稱／複數第三人稱
肯定句	had to
否定句	did not have to / didn't have to
疑問句	Did... have to...

就功能面而言，**had to**談論的是過去的職責，但要特別注意的是**must**的過去式用法**must have done**指的是「對過去某事做有把握的推測」，因此兩者不可像現在式那樣混用。

例1 James is not in his studio now because he had to visit an important client.（詹姆士現在不在他的工作室，因為他必須去拜訪一位重要的客戶。）

☞ 說話者所描述的詹姆士過去的職責，所以可用**had to...**來表示。

例2 James is not in his studio now— he must have visited an important client.（詹姆士現在不在他的工作室，他一定是去拜訪一位重要客戶了。）

☞ 對於詹姆士為何不在工作室，說話者認為肯定是去拜訪客戶了，所以可用**must have Vpp**來強調說話者對其推測很有把握。

未來式will have to

	第一人稱／第二人稱／單數第三人稱／複數第三人稱
肯定句	will have to
否定句	will not have to / won't have to
疑問句	Will... have to...

若就功能面來看，**will have to**、**must**、**need**都可以表達某人未來必須做某事，也就是未來應盡的職責。倘若這樣的職責當前就已存在，也可以**have / has to**代替未來式。以下進一步舉例說明：

例1 Randy will have to find a job after his graduation from university.（蘭迪從大學畢業後必須找到工作。）

☞ 找到工作是藍迪畢業後的職責，所以可用**will have to**來表示。

例2 Hank has to continue this research after he gets the degree.（漢克必須在取得學位後繼續這項研究。）

☞ 做研究是漢克當前的職責，所以可用**has to**來描述這樣的職責未來仍會繼續。

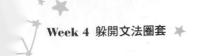 例句示範

　　熟悉have to的用法後，接下來就看看例句示範，知道要怎麼應用喲！

1 Do I have to finish the analysis today?
我必須今天完成分析嗎？

2 I have to visit a supplier this afternoon.
今天下午我要去拜訪一位供應商。

3 Jimmy is not working in his office today because he had to attend an opening ceremony of our franchise in Singapore.
吉米今天不在辦公室，因為他必須參加新加坡分公司的開幕典禮。

4 Jimmy is not working in his office today— he must have attended an opening ceremony of our franchise in Singapore.
吉米今天不在辦公室，他一定是去參加新加坡公司的開幕典禮了。

5 You will have to tell Sandy that she is fired.
你有必要告訴珊蒂她被開除了。

6 You <u>will have to</u> take over the business of this region.

你將會接管此區的業務。

✒ 特別提點

知道怎麼應用have to後，以下特別列舉2個會被我們誤用的句子，要小心避開這些文法錯誤喲！

- Have to I submit the assignment this week?（我一定要在這裡擺交作業嗎？）

    ☞ 由於have to並不是情態動詞，所以形成問句的方式應為Do... have to...，Do I have to submit the assignment this week?

- David is not in his lab this afternoon, because he must have arranged a meeting with his student.（大衛今天下午不在他的實驗室，因為他必須和他的學生開會。）

    ☞ 由於must have Vpp僅是推測，所以應去掉because並加上破折號，方可使語意合理。

Unit 09

愛神丘比特與賽姬的愛情故事
too... to... / so... that... / so that

邱比特奉命教訓賽姬，但卻被其美貌所吸引。

Cupid: Psyche is <u>so</u> beautiful <u>that</u> I am completely taken by her.

邱比特：賽姬太美了，以至於我深深對她著迷。

🪖 圖解文法，一眼就懂

too... to...、so...that...、so that都可表達因果關係。too... to...意為「…太…以至於某人不能夠…」，so... that...則為「如此…以至於某人…」，so that則可做「…為了／以便…」或「因而／所以」解。

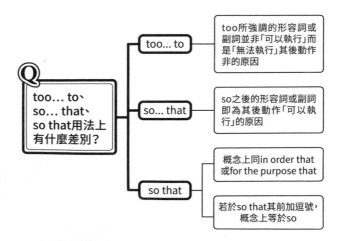

🏛 文法概念解析

　　too... to...、so... that...、so that是英文中三個常用來表達因果關係但誤用率極高的片語，以下依序進一步說明：

too...to...

　　too adj. / adv. for sb. to V最讓人容易誤用的原因在於此句型字面上沒有任何否定詞，但卻表達負面的語意。產生誤解的主因在於此句型中too所強調的形容詞或副詞並非「可以執行」而是「無法執行」其後動作的原因，所以這個句型應解釋為「⋯太⋯以至於某人不能夠⋯」。

例 The soup is too hot for me to eat it now.（這碗湯太燙了，以至於我現在無法喝。）

👉 太燙是說話者無法現在就把湯喝下肚的原因，所以可用too... to... 來描述此種因果關係。

so... that...

　　不同於too... to... 需要推敲文意，so adj. / adv. that S V表達的就是字面上所呈現的「若A則B」的邏輯，so之後的形容詞或副詞即為其後動作「可以執行」的原因，所以可解釋為「如此⋯以至於某人⋯」。

例1 Psyche is so beautiful that I am completely taken by her.（賽姬太美了，以至於我深深對她著迷。）

☞ 因為賽姬太美了，丘比特才會對她深深著迷，所以可用**so...**
that... 來描述此種因果關係。

例2 The hamburger is so delicious that I order another after
having one.（這個漢堡如此好吃，以至於我吃完一個後又點
了另一個。）

☞ 說話者對此漢堡欲罷不能的原因就是因為好吃，所以可用**so...**
that... 來描述此種因果關係。

> so that

　　雖然同樣都是**so**與**that**所組成，但**so... that...** 與**so that**所描述重
點大不相同，前者著重「結果」，後者則是強調「目的」，兩者切記不
可混用。根據用法上的差異，**so that**的意涵大致可分為以下兩種：

❶ 做「…為了／以便…」解
so that為從屬連接詞，概念上同in order that或for the purpose
that，且在主要子句中常會出現助動詞can、will、may等其中的一
種。此外在美式英語中，**so that**的so是可省略的。以下進一步舉例
說明：

例1 We compromise in some aspects so that the
cooperation can continue.（我們在某些方面讓步以便讓合
作繼續。）

☞ 我方讓步的目的是要讓合作能夠延續，所以可用S V so that S
助動詞 V句型來表達此因果關係。

例2 Switch to mode two so we can debug.（切換到模式二以

便除錯。）

☞ 説話者要求對方切換模式的目的是要除錯，所以可用S V so that S 助動詞 V句型來表達此因果關係。

❷ 做「因而／所以」解

so that另一個概念上等於so，描述重點在由「目的」變為「結果」。

例 The document is damaged so that we have to find way to recover it.（檔案損毀了，所以我們必須找方法來復原。）

☞ 檔案壞了所以有修復的需求，所以可用...so that...來描述此因果關係。

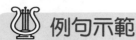 例句示範

熟悉too... to、so... that和so that的用法後,接下來就看看例句示範,知道要怎麼應用喲!

1 This video game is <u>too</u> exciting for me <u>to</u> stop.
這個電玩好玩到讓我不忍停手。

2 The boy is <u>too</u> young <u>to</u> get a driver's license.
這個男孩年紀太輕了,以至於無法考取駕照。

3 He works <u>so</u> hard <u>that</u> he is the first one who gets the promotion within one year.
他如此努力工作,以至於他是首位在一年之內獲得晉升的員工。

4 The test is <u>so</u> hard <u>that</u> only few students get high score.
這次考試難度太高,以至於只有少數學生得高分。

5 Please turn off the light <u>so that</u> I can have a good sleep.
請關燈,以便讓我睡個好覺。

6 The price of the flagship model is too high, <u>so that</u> we choose the regular one.

旗艦版價格太高，所以我們選擇一般版。

特別提點

知道怎麼應用too... to、so... that和so that後，以下特別列舉3個會被我們誤用的句子，要小心避開這些文法錯誤喲！

- The movie is too boring to me to watch.（這部電影對我來說太無聊。）

  ☞ 此句me之前所搭配的介系詞應為for。

- The question is too easy for most to answer.（這個問題對大部分的人來說都太困難。）

  ☞ too... to... 所搭配的形容詞或副詞含意應為負面，所以此句應將easy改為complicate或difficult。

- Please lower the volume, so that I can take nap here.（請降低音量，這樣我才能在這裡小睡。）

  ☞ ..., so that意為「所以…」，應修正為...so that...才符合邏輯。

I 搞懂字詞文法

II 建立時態觀念

III 學會基本句型

IV 躲開文法圈套

Unit 10

青春女神希碧與大力士
as soon as

🏛 神話人物這麼說

宙斯將青春女神希碧許配給海克力士。

Zeus: <u>As soon as</u> Heracles becomes a god, I will betroth my daughter, Hebe, to him.

宙斯：一旦海克力士成為神，我馬上將女兒希碧許配給他。

🛡 圖解文法，一眼就懂

as soon as可強調在某一特定時間點已經或是即將發生某事，前者句型為As soon as S Ved / had Vpp, S Ved，後者則為As soon as S V, S will V。如上句的As soon as Heracles becomes a god, I will...，就是As soon as S V, S will V的用法。

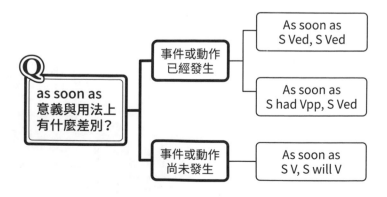

文法概念解析

　　若要強調在某一特定時間點已經或是即將發生某事，英文中經常會以連接詞**as soon as**來表示，根據時間點不同，可細分為以下兩類。

過去事件

　　當某事已經發生，事後要描述其時空背景時，便使用**as soon as**的恰當時機。以此邏輯為出發點，由於**as soon as**所引導子句中的動作已經發生，其動詞型態有兩種，一是使用「過去式」表過去事實，二是採用「過去完成式」強調動作或事件已經完成，主要子句則固定為「過去式」，形成**As soon as S Ved / had Vpp, S Ved**的句型。

例1 As soon as I hear my phone rang, I ran to my computer desk to pick it up.（我的手機一響，我就馬上衝到我的電腦桌去接電話。）

☞ 電話響與說話者接起電話都是確實存在的過去事實，惟前者先發生，後者在極短的時間差內接著發生，所以從屬子句的時態為過去式，且可用**as soon as**來說明兩者時空上的前後關係。

例2 As soon as the system had analyzed all the data, we got a comprehensive report.（系統一分析完所有資料，我們就馬上獲得一份完整的報告。）

☞ 系統完成分析後才能產生報告，但由於產出所需時間極短，所以從屬子句的動詞型態應為過去完成式，並以**as soon as**來說明兩個事件在時空上的前後關係。

未來事件

　　當某事還沒發生，但需要描述發生的同時接續發生的動作或事件，便是as soon as另一個適用時機。也因為尚未發生的事件或動作可視為「條件」的一種，所以由as soon as所引導的副詞子句也是「條件句」。當條件句的時態為未來式時，習慣以「現在簡單式」代替，主要子句則仍維持「未來式」，形成As soon as S V, S will V的句型。

例1 As soon as Heracles becomes a god, I will betroth my daughter, Hebe, to him.（一旦海克力士成為神，我馬上將女兒希碧許配給他。）

☞ 海克力士還沒成為神，所以用as soon as來表達只要海克力士成為神，宙斯就把女兒嫁給他這兩件事的關係。

例2 As soon as I meet Jason, I will inform you.（我一遇到傑森就會通知你。）

☞ 說話者尚未遇到傑森，一旦遇到他就會通知對方，所以可用as soon as來表達此種兩個事件的相互關係。

補充說明

Q：為什麼沒有As soon as S V, S V的句型呢？

雖然時間差極短，但as soon as所引導子句中的動作或事件必須先發生，主要子句的動作才會跟著發生。依此邏輯，as soon as S V, S V是一個不合理的文法結構，原因在當主要子句與從屬子句動詞都是現在式時，在時空上就變平行，沒有先後之分，違反as soon as的基本原則。

例句示範

　　熟悉as soon as的用法後，接下來就看看例句示範，知道要怎麼應用喲！

1 As soon as he knew the outcome, he left.

他一知道結果就馬上離開。

2 As soon as David got the allowance, he bought a watch.

大衛一拿到零用錢，就馬上買了一只手錶。

3 As soon as the investigation had finished, he left the police station.

調查一結束，他馬上離開警局。

4 As soon as I get the sample, I will start the research.

我一拿到樣本，就馬上開始進行研究。

5 As soon as I meet Professor William, I will inform you.

我一遇到威廉教授，就會馬上通知你

6 As soon as Linda arrives, we will start this journey.

琳達一抵達，我們就開始這趟旅程。

特別提點

　　知道怎麼應用 **as soon as** 後，以下特別列舉 **3** 個會被我們誤用的句子，要小心避開這些文法錯誤喲！

- As soon as we received your payment, we ship the product.

（我們一收到您的款項，就會出貨。）

　　👉 若 **as soon as** 所引導的子句動詞為過去式，主要子句應為過去式，所以應將 **ship** 改為 **shipped**。

- As soon as Jenny will arrive, we will start the party.（珍妮一到，我們派對就會開始。）

　　👉 若 **as soon as** 所引導的子句時態為未來式，習慣以現在式代替，所以應將 **will arrive** 改為 **arrives**。

- As soon as he arrives, we start the meeting.（他一到，我們就開始開會。）

　　👉 若 **as soon as** 所引導的子句動詞為現在式，主要子句應為未來式，所以應將 **start** 改為 **will start**。

Unit 11

彩虹女神伊麗絲與她孿生姐姐對戰
It is no wonder that...

🏛 神話人物這麼說

泰坦神與奧林匹斯神戰鬥時，彩虹女神伊麗絲的孿生姊姊哈耳庇厄背叛了奧林匹斯神，投靠泰坦神族。

Iris: My sister betrays us. <u>It is no wonder that</u> Zeus is in a rage.

伊麗絲：我的姊姊背叛了我們，難怪宙斯會勃然大怒。

🛡 圖解文法，一眼就懂

It is no wonder that是英文中用來表達「難怪…」或「理所當然…」的句型，但多習慣將其縮減為no wonder，在語意上與there is no wonder、little wonder與small wonder皆相同。如上句My sister betrays us. It is no wonder that...，因為被背叛了，難怪宙斯會生氣。

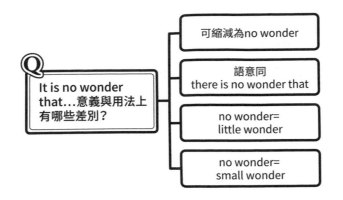

文法概念解析

　　若要在英文中表達某事的發生合情合理，**no wonder**是正式且常用的表達方式。**no**為表「沒有…」的否定詞，**wonder**可表「驚訝」，兩者相加形成「沒有驚訝」的意涵。當某事物無法讓人感到驚訝，自然可以理解為「難怪」或「不足為奇」。但很少人留意到此片語是由**it is no wonder that**縮減而來，其後可加上名詞子句。

　　也因為**no wonder**的描述重點在於某事的發生有脈絡可循，因此其前通常會先描述一個現象或事件，其後描述一另一個，然後透過**no wonder**來說明前者是讓後者發生的原因，以下進一步舉例說明：

例1 My sister betrays us. It is no wonder that Zeus is in a rage.（我的姊姊背叛了我們，難怪宙斯會勃然大怒。）

　　👉 因為伊麗絲的姊姊背叛泰坦神族，宙斯才會勃然大怒。所以可用It is no wonder來說明前面伊麗絲姊姊的背叛行為，是造成

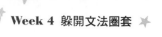

宙斯發怒的原因。

例2 Look Mark's father. (It is) no wonder (that) Mark is so tall. （看看馬克的爸爸，難怪馬克長這麼高。）

👉 說出此話前，說話者已經知道馬克個子很高。當見到馬克的父親後，從其高大身形可以更加肯定此為遺傳，所以可用**no wonder**來表達兩者之間的存在必然性。

例3 You eat too much. (It is) no wonder (that) you feel uncomfortable now. （你吃太多了，難怪你現在覺得不舒服。）

👉 一個人胃能夠容納的食物量有極限，因此吃太多時胃會不堪負荷，人自然覺得不舒服，所以可用**no wonder**來描述兩現象的關聯性。

例4 James has been a heavy smoker for thirty years. It is no wonder that he coughs all the time. （三十年來詹姆士的菸癮一直都很重，難怪他總是有咳嗽的毛病。）

👉 由於詹姆士一直以來都抽菸的習慣，抽菸會導致咳嗽，所以可以用**no wonder**來描述前者會導致後者發生。

補充說明：

除**It is no wonder that**外，**there is no wonder that**是另一種常見的非縮寫用法。此外**no wonder**也可替換為**little wonder**、**small wonder**，三者在語意上並無差異，只是**no wonder**的常用度較後兩者為高。

例1 The typhoon is coming. There is no wonder that many people go to the supermarket to buy fresh vegetables.
（颱風即將侵襲，難怪許多人去超市購買新鮮蔬菜。）

☞ 因害怕颱風過後蔬菜可能會大幅減產而造成價格上揚，所以消費者會提前搶購，所以可用 **no wonder** 來表達颱風與蔬菜搶購潮之間的關聯性。

例2 The baby is starving. There is little wonder that he cried so badly.（嬰兒餓壞了，難怪他哭得這麼厲害。）

☞ 由於嬰兒還不會說話，要表達自己餓了，大哭是最直接的方法，所以可用 **little wonder** 來表達兩者之間的關聯性。

例3 You only slept for two hours last night. It is small wonder that you look tired today.（你昨晚只睡了兩小時，難怪你今天看起來一臉倦容。）

☞ 人一旦沒睡飽，精神自然變差，所以可用 **small wonder** 來表達兩者之間的關聯性。

🎼 例句示範

　　熟悉 It is no wonder that... 的用法後，接下來就看看例句示範，知道要怎麼應用喲！

1 Finding you dream job, it is no wonder you always work with a good mood.
因為找到了自己最想要的工作，難怪你總是能夠開心上班。

2 It is hot today. <u>No wonder</u> the swimming pool is crowded.

今天天氣很熱，難怪游泳池人滿為患。

3 Realizing his dream finally comes true. <u>It is no wonder that</u> he cries with joy.

明白自己終於美夢成真，難怪他喜極而泣。

4 He left his hometown thirty year ago. <u>It is no wonder that</u> few people know him when he comes back today.

他三十年前便已離開家鄉，難怪今日返鄉少有人認識他。

5 You drink too much. <u>It is small wonder that</u> you feel headache now.

你喝太多酒了，難怪現在會頭痛。

6 Getting along well with the neighbor here. <u>It is no wonder that</u> he doesn't want to move to other place.

與鄰居相處融洽，難怪他不想搬往他處。

特別提點

知道怎麼應用It is no wonder that後，以下特別列舉3個會被我們誤用的句子，要小心避開這些文法錯誤喲！

- Your workload is too heavy. It is no wonders that you always look tired.（你的工作量太重，難怪你總是看起來很累。）
  ☞ 表「難怪…」應為no wonder而非no wonders。

- You eat too much. There is not a wonder that you can't sleep.（你吃太多了，難怪你無法入睡。）
  ☞ 表「難怪…」應為No wonder you can't...。

- Look Amy's parents. There is few wonder that she is tall.（看看艾咪的父母，難怪她長很高。）
  ☞ few wonder無法表達「難怪…」的語意，所以應以no / little / small wonder三者之一加以替換。

阿基里斯刀槍不入的緣由

every / both

🏛 神話人物這麼說

阿基里斯全身除了腳踝都因浸過冥河水而無敵。

Achilles: The water of Styx makes me free from injury in the war every time.

阿基里斯：冥河水讓我每次在戰爭中都免於受傷。

🛡 圖解文法，一眼就懂

both與every都可描述涵蓋範圍，形容詞every所傳達的意涵有三：一是總數超過二，二是表固定間隔，三是表可能性的總合。both做形容詞用時，強調的數量；做代名詞時，代表其前提過的兩個事物有相同性；做副詞時，代表其前動作或物品共通性；做連接詞時，連接平行的文法結構。如上句的every time，就是指總數超過兩次的每次戰爭，阿基里斯都毫髮無傷。

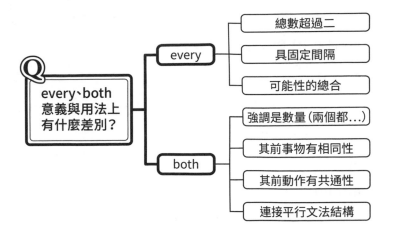

文法概念解析

　　every與both都是英文中常用來表達涵蓋性的詞彙，但兩者包含的範圍與所強調的重點有所不同，以下進一步說明：

every

　　若以形容詞every來描述某人事物的涵蓋範圍，其面項有三：

❶ 總數至少有二

　　當人事物的總數超過二，且此群體中的每個組成因子都具有相同特性時，就可以用every來表示。也因為是強調某種一致性，所以every其後應加單數名詞，以下進一步舉例說明：

例 Every participant of this workshop can get a free guidebook.（參與本次工作坊每一位成員都可以免費獲得一本參考手冊。）

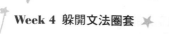 兩個人以上才開的了工作坊，加上所有與會者都可以獲得贈書，所以可用every來描述此種一致性。

❷ 固定的間隔

當某事物再次發生的間隔具有規律性時，由於在時間上具有一致性，所以也可用every來表達。

例1 The water of Styx makes me free from injury in the war every time.（冥河水讓我每次在戰爭中都免於受傷。）

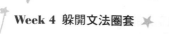 每次戰爭都免於受傷，使用every time來表達。

例2 I collect the data every 48 hours.（我每48小時蒐集一次資料。）

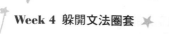 說話者蒐集資料的時間間隔是固定的，所以可用every來表達此種一致性。

❸ 具可能性的總合

除強調一致性外，every也可用來表達事物的「可行性」。以下進一步舉例說明：

例 You have every reason to continue this study.（你有充分的理由繼續這項研究。）

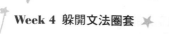 說話者認為無論從哪個面向來看，對方的研究都應該持續做下去，所以可用every表達此種可能性。

both

無論是做形容詞、代名詞、副詞或連接詞用，both都可描述人事物的涵蓋範圍。

❶ 形容詞

代表總數為二，且這兩個個體具有相同特性。但值得注意的是，由於both強調的是「數量」，而非「一致性」，故其後的動詞應為複數型態。

例 Both his legs are broken in the accident.（這場意外使他雙腳都斷了。）

☞ 說話者強調的重點是對方是「雙腳」而非「單腳」骨折，所以應以both來表示。

❷ 代名詞

解釋為「兩者都…」，可代替的是其前所提及的兩個具有某相同特性動作、物品、人物等。

例 These two T-shirt are good. Why not just buy both?（這兩件T恤都很好看。為何不兩個都買呢？）

☞ 由於兩個句子描述的是相同的物品，所以both可代替的前一個句子所提及的兩件T恤。

❸ 副詞

解釋為「兩者皆…」，用來修飾其前的動詞、形容詞、子句等。

例 I like basketball and baseball both.（籃球與棒球我都喜歡。）

☞ 說話者喜愛籃球與棒球，所以可用both來突顯「兩者都喜歡」。

❹ 連接詞

做「既…且…」解，兩端連接平行的文法結構。

例 This movie is both exciting and touching.（這部電影既刺激

又感人。）

👉 exciting與touching都是形容詞，所以可使用both來連接，藉
此說明該電影所帶給說話者的感受為何。

🎵 例句示範

熟悉every和both的用法後，接下來就看看例句示範，知道要怎麼
應用喲！

1 Every member of our club can get a free concert ticket.

我們社團的每位成員都可以免費獲得一張演唱會的票。

2 The data will be updated every 3 hours.

資料每三小時會更新一次。

3 Both his arms have scars.

他的雙手都有疤。

4 Why not eat both?

為何不兩個都吃呢？

5 I like chocolate and coffee both.

巧克力跟咖啡我都喜歡。

6 The service is <u>both</u> comprehensive and considerate.

這邊的服務既全面且貼心。

特別提點

　　知道怎麼應用**every**和**both**的用法後，以下特別列舉**3**個會被我們誤用的句子，要小心避開這些文法錯誤喲！

- Every representatives will get the agenda before the meeting.（每位代表在會議前將會拿到議程。）

  ☞ every之後應加單數名詞，所以應將**representatives**改為representative。

- Both my leg feel pain.（我的兩條腿都很痛。）

  ☞ both強調的重點是兩者都…，所以應將**leg**改為**legs**。

- He works both hard and careful.（他既努力又小心地工作。）

  ☞ both做連接詞時兩端應為平行文法結構，所以應將**careful**改為carefully。

Learn Smart! 075

圖解式英文初級文法：看希臘神話，4 週文法速成

作　　者	邱佳翔
發 行 人	周瑞德
執行總監	齊心瑀
行銷經理	楊景輝
企劃編輯	魏于婷
執行編輯	饒美君
封面構成	高鍾琪

內頁構成	菩薩蠻數位文化有限公司
印　　製	大亞彩色印刷製版股份有限公司
初　　版	2017 年 3 月
定　　價	新台幣 369 元
出　　版	倍斯特出版事業有限公司
電　　話	(02) 2351-2007
傳　　真	(02) 2351-0887
地　　址	100 台北市中正區福州街 1 號 10 樓之 2
E－m a i l	best.books.service@gmail.com
網　　址	www.bestbookstw.com

港澳地區總經銷	泛華發行代理有限公司
地　　址	香港新界將軍澳工業邨駿昌街 7 號 2 樓
電　　話	(852) 2798-2323
傳　　真	(852) 2796-5471

國家圖書館出版品預行編目資料

圖解式英文初級文法 ：看希臘神話,4
週文法速成 / 邱佳翔著. -- 初版. --
臺北市 : 倍斯特, 2017.03 面 ；　公
分. --(Learn smart! ; 75)
ISBN 978-986-94428-0-0(平裝)
1.英語 2.語法

805.16　　　　　　　　106001679